KB063993

우리는
서로의 이름을 부르며
자신의 안부를 물었다

"이 여행이 나를 바꿔놓을까요?"

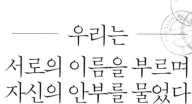

우리는
서로의 이름을 부르며
자신의 안부를 물었다

김민아 · 윤지영 지음

끌레마 Clema

여행을 꿈꾸는 그대에게 안부를

우리는 만난 지 15년이 조금 넘었다. 우리는 공통적으로 속한 데가 없다. 처음 만날 무렵에도 그랬고, 지금도 마찬가지다. 대학원에서 만났지만 전공도, 공부한 시기도 달라 서로 친해지기 전까지는 얼굴도 몰랐다. 우리는 공통된 친구도 없고 하는 일도 다르다. 15년 전에도 그랬고, 지금도 그렇다. 물론 사는 곳도 멀리 떨어져 있다. 그런 우리가 어떻게 친구가 되었고, 짧지 않은 시간 동안 관계를 이어갔으며, 이렇게 책까지 함께 내게 되었을까? 생각해보면 참 신기한 일이다.

우리는 종종 꽃소식과 음악, 평화로운 주말 아침의 풍경으로 서로의 안부를 물었다. 가끔은 만나 밥을 먹고 영화나 콘서트를 봤으며, 우편으로 작은 선물이나 책을 나누기도 했다. 그게 15년 동안 우리가 한 일의 전부다.

2016년 여름, 한 사람은 스웨덴으로 떠났고, 그보다 석 달 늦게 한 사람은 아일랜드로 떠났다. 사계절이 흐르는 동안 한 사람은 스웨덴에 정주하며 북유럽의 서늘한 풍경을 마음에 새겼고, 다른 한 사람은 모로코, 터키 그리고 유럽의 몇몇 도시들을 떠돌았다. 늘 그렇듯 서로에게 안부를 물으며……

　이 글들은 그 안부의 묶음이다. 그간의 안부와 다른 점이 있다면 우리 둘 다 낯선 풍경들을 바라보고 있었다는 것, 더 자주 서로에게 안부를 물었다는 것이다. 우리는 더 외롭고 더 그리웠으니까. 그새 나눈 우리의 마음이 둥치 아래 벚꽃처럼 가볍고도 도톰하게 쌓였다.

　자존심과 맞바꾼 사랑이 산산이 부서졌을 때, 잘해보려 애를 쓸수록 더 엉망이 되어 갈 때, 일 속으로 자신을 숨기고 싶을 때, 사람들이 싫어질 때, 꼬인 실을 풀어 실패에 잘 감았다고 생각했는데 내 몸에 감았다는 걸 깨달았을 때, 웬만한 일에도 감흥이 일지 않을 때, 여기 아닌 어딘가에 있다는 상상으로 간신히 하루하루를 버티다가 문득 떠나는 게 여행이라 여겼다. 그리고 떠났다.

　그래서 우리는 이 여행에서 무엇을 얻었을까?

　서늘한 풍경은 마음을 더 서늘하게 얼렸고, 따뜻한 풍경은 마음을 부드럽게 어루만져주었다. 온화한 타인은 우리를 친절하게 만들었고, 애처로운 타인은 우리가 가진 것을 돌아보게 했다. 그렇게 낯선 풍경과 사람들은 우리 마음의 굳은살을 벌리고 생생한 속살을 드러나게 했다. 백야가 드리운 창밖을 하염없이 바라보다가 사랑이 남기고 간 폐허 속으로 속절없이 마음이 향했던 것도, 사막의 별을 따라 걷다가 온통 일에만 몰두하던 쓸쓸한 주말로 돌아간 것도, 이국의 들판에서 꽃을 꺾다가 풀지도 끊지도 못한 채 온몸에 칭칭 감겨 있는 인연의 타래들을 발견한 것도 그 때문이리라.

편지 안에서 둘은 서로의 이름을 부르며 말을 건네고 있지만, 한자리에 모아 놓고 보니 우리가 나눈 편지들은 대화가 아니라 예민하고 취약한 한 사람의 독백 같다. 이 독백은 어느 날은 설익은 질문으로, 어느 날은 쓸쓸한 넋두리로, 또 어느 날은 따뜻한 위로로 다가왔다. 그렇게 우리는 서로의 마음을 앞질러 서로의 마음을 대신 속삭여주었던 건지도 모르겠다. 우리는 그저 마음을 털어놓고 싶은 누군가가 필요했던 건지도 모르겠다.

여행도 결국 그런 것이 아닐까? 지금의 나를 저만치 앞질러 가 있는 나의 마음과 지금의 나를 쫓아오지 못하고 허둥대는 나의 마음을 불러 낯선 풍경 앞에 나란히 세우는 것. 그렇게 같기도 하고 다르기도 한 마음들이 낯선 풍경 속에서 수줍게 서로를 바라보며 겸연쩍지만 다정한 미소를 나누게 하는 것. 낯선 풍경의 힘은 그러한 것이리라. 그러므로 그 풍경이 무엇이든 그건 상관없다. 바다보다 넓은 호수든, 바다소리 들리는 사막이든, 수줍은 미소를 건네는 북유럽의 노숙자든, 미로 같은 골목으로 사라지는 모로코의 소년이든, 결국 우리가 만나는 건 우리 마음이니까.

그래서 우리의 여행은 아직 끝나지 않았다. 우리가 있던 자리로 돌아왔지만 우리는 늘 떠나고 있다. 삶은 언제나 여행이라는 것, 그것이 우리가 이번 여행에서 알게 된 것이다. 그리고 이제까지 그래왔듯, 우리는 그 이야기를 아껴둔다. 왜냐하면 우리는 계속 따로 또 같이 여행을 할 것이고, 계속 서로에게 안부를 물을 테니까.

김민아 윤지영

차례

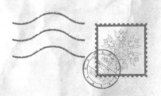

여름과 가을 사이

지영아!

남의 나라에서 여행이 아닌 일상을 살아가고 있다는 게 여전히 신기하기만 해. 말로만 듣던 백야. 새벽 3시에 동이 트는 걸 지켜보며 지구는 각자 다른 걸 보고 느끼는 사람들의 거대한 모자이크라는 걸 새삼 느끼고 있다.

입국했던 7월엔 연일 그야말로 빛의 축제였어. 그토록 아름다운 햇살이 비추는 시기는 스웨덴에서도 1년 중에 딱 두 달, 날짜로 치면 30일이 안 되기에 스웨덴 사람들은 볕이 드는 시간에는 피부란 피부는 모두 드러내놓고 빛의 거룩한 낭비를 즐긴다고 해.

하지만 8월이 되자마자 그새 날씨가 달라진다. 낮에는 볕이 좋은데 습도가 높지 않아서 대체로 서늘해. 꼭 우리나라 10월 중순 날씨 같아. 그런가 하면 풍경은 너무도 고요해서 쓸쓸하고도 쓸쓸해.

사람들로 제법 북적이는 시내에 나가봐도 큰 소리로 떠들거나 부산스럽게 움직이지 않아. 다들 조용히 말하고 표정 변화도 별로 없어서 가까운 사람들 사이에서도 서로 친하다는 느낌이 나지 않고. 그래서 '쿨(cool)'해 보이기까지 하는 이곳 사람들의 성향은 이처럼 선선한 날씨에서 비롯된 게 아닐까 하는 어설픈 짐작도 해본다.

남편과 나는 연구소 안에 딸린 임시 거처에서 지내고 있어. 차가운 콘크리트 바닥에 간이 매트리스 두 개와 작은 책상 그리고 벽에 바짝 붙은 길쭉한 옷장 하나가 전부인 방. 작은 창으로 보이는 바깥 풍경이 따사로워서 바닥의 차가움은 조금 덜해.

우리를 기다린 이들이 세심하게 준비하고 꾸몄지만 거주하기에는 불편하니, 이곳은 어쩔 수 없는 외국인 임시 캠프. 다만 연구소가 자리한 이 마을은 200년 전의 고풍을 그대로 간직하고 있어서 자연 속에서 빛과 바람을 만끽하는 호사는 온전히 누리는 자의 몫이야.

스웨덴은 집 구하기 어렵기로 악명이 높아. 도착한 다음 날부터 남편은 온라인 부동산 사이트에 거주 희망 조건을 올리고 온라인을 통해서든 개별적으로든 연락이 오길 기다렸어. 이틀 만에 첫 연락이 와서 생각보다 빨리 구하게 되는 건가 하는 희망을 품고 가보았더니 오래전 스웨덴으로 이주해온 중동 남자가 차고를 급히 개조해서 사각의 꼴만 갖춘 공간을 '집'이라고 보여주더라.

안에 들어서자마자 습한 기운에 곰팡이 냄새가 진동하는데, 남자는 시간 약속도 더블로 잡아서 다른 팀이 우리 뒤에 바짝 붙어 있는 모양새가 되었어. 그렇게 서로 어색해하는 가운데 뒤뜰까지 둘러봤는데 우리가 그 집을 반겨하는 기색이 없으니 그때부턴 노골적으로 차갑게 대하더라. 실망하기 이전에 속이 상했지만 돌아와서 다른 연락이 오기를 기다렸어.

이번에는 임대아파트에 혼자 사는 여성이 집을 내놓을 예정이니 보러 와도 좋다는 메일을 보내왔어. 그녀는 조금 먼 지방으로 직장을 옮기게 돼 자신이 살아온 아파트를 내놓았대.

문을 열어주고 실내로 안내하는 그녀에게 우리는 고개를 꾸뻑 숙여 인사했어. 소파에는 그녀의 노부모님이 앉아 계셨는데 분명 혼자 있다는 말을 듣고 갔던 터라 괜히 또 긴장했지 뭐야. 누가 봐도 동양에서 온 이방인들로부터 딸을 보호하기 위해 와 계신 상황이었어.

남편과 나는 바닥에 달라붙을 만큼 납작해져서는, 우리를 증명해 보일 수 있는 스웨덴 단기 체류 허가증과 연구소 소속이라는 증명서를 내밀고 우리가 믿을 만한 사람들임을 더 이상 공손할 수 없는 자세로 설명했지. 우리의 긴 설명에도 그다지 반응을 보이지 않던 분들이 마지막에 내민, 스웨덴어로 표기된 종이 몇 장에 안색이 풀리면서 미소를 짓기 시작했어. 마침내 허가가 떨어진 거지.

그녀의 집은 빛이 잘 드는 남향인 데다 실내도 아담하고, 무엇보다 정갈해서 마음에 들어. 이로써 우리는 드디어 스웨덴에 집을 구했다. 연구소 직원들은 우리더러 '럭키하다'고 하더라. 가장 큰

문제였던 거주 공간이 해결되고 나니 이제야 비로소 한국에서부터 지고 온 무거운 배낭을 바닥에 내려놓은 거 같아. 이제 곧 3주간의 임시 캠프 생활을 접고 '이사'라는 걸 한다. 그래 봐야 일부 풀었던 이민 가방을 다시 싸고 새로운 공간으로 옮기는 정도이지만.

채 한 달도 안 됐지만 해외 생활은 삶의 패턴을 가급적 단출하게 재조정해주는 장점이 있어. 아침, 점심, 저녁을 해 먹고, 틈틈이 산보를 하고, 연구소에서 제공한 자료들과 책을 읽고 글을 쓰다 보면 어느새 해가 져서 하루가 사라지고 없어.

함께 보낸 사진은 저녁 10시, 내가 묵고 있는 연구소 앞의 모습이야. 산책하려고 길을 나서면 여기가 어딘가 싶어서 잠시 아득해진단다.

너는 언제 짐 꾸리니? 이제 집도 구해졌으니 나도 슬슬 여행 계획을 세워볼까 해. 일단 혼자서 유럽을 여행하다가 가능하다면 너와 어느 지점에서 합류하고 싶어. 언제쯤이면 좋을지 대략이라도 의견 줄래? 소식 주고받으며 여행 그림을 그려보자.

연락해 주렴.

2016. 8. 1.

일상과 여행 사이

언니!

마음에 드는 집을 구했다니 다행이에요. 낯선 곳이라도 자기 공간이 있다면 어느 정도 안정감을 느낄 것 같아요. 이제 그 집에서 언니는 새로운 일상을 만들어갈 테죠.

저는 며칠 전에서야 본격적으로 일정 궁리를 시작했어요. 그런데 어렵네요. 집 떠날 생각만 해도 심란하던 마음은 어디로 가고, 가고 싶은 곳, 하고 싶은 일이 나날이 늘어요. 게다가 어설픈 완벽주의 성향까지 있어서 좀처럼 결정을 못 내리고 있어요. 가격이며, 경로며, 취향까지 다 고려해서 결정하려고 하는 데다가 선택지가 너무 많으니 더 어려워요. 아무래도 제 묘비명 역시 "우물쭈물하다 내 이럴 줄 알았지"로 적어야 할까 봅니다.

연극이 끝나면 바로 출국할 거 같아요. 공연이 9월 마지막 주 금요일이니 한숨 돌리고 10월 초쯤?

문제는 첫 번째 행선지를 어디로 할까인데, 얼마 전에는 갑자기 가을의 뉴욕과 페루의 마추픽추, 그리고 볼리비아의 우유니 사막에 꽂혔지만…… 드디어 결정했습니다.

일단 아일랜드로 가서 어학연수부터 할 거예요. 일종의 준비체조라고나 할까요. 가장 걱정이 되는 언어 문제를 해결하기에는 아일랜드가 최적지인 것 같아요. 할 줄 아는 유일한 외국어인 영어를 익힐 수 있는 두 나라, 영국과 아일랜드 중에서 아일랜드가 물가도 저렴하고, 영국처럼 유명한 대도시가 아니라는 점도 마음에 들어요.

기간은 3개월 정도로 생각하고 있어요. 그러니 언니와의 여행은 빨라야 12월 말쯤 가능할 것 같아요.

일단 제가 고려 중인 것들은,

1. 아일랜드: 어학연수를 끝내고 위클로 트래킹을 포함해서 보름 정도 여행하면 어떨까 생각 중입니다.
2. 스코틀랜드와 중부 잉글랜드: 런던에 친구가 있어서 일주일쯤 함께 지내고, 나머지는 시골로 다녀볼까 싶어요. 영국 소설에 자주 등장하는 히드 무성한 초원은 어떤 모습일지 궁금해요.
3. 북 이탈리아: 제노바에서 베니스 사이에 있는 작은 도시들이 좋다고 하더군요. 유명한 관광지도 아니라서 며칠씩 머무르며 골목을 걸어 다니는 재미가 있을 것 같아요.

4. 모로코: 인터넷에 떠도는 사진을 보니 인도 같은 이색적인 분위기가 물씬 풍기더군요. 저는 인도도 마음에 들었으니 여기도 괜찮지 않을까 싶어요. 사하라 사막에서는 눈부시게 쏟아져 내리는 별도 볼 수 있대요.

이 가운데 모로코에는 꼭 갈 것 같아요. 무엇보다 솅겐조약 때문에 영국과 아일랜드 등을 제외한 EU 가입 국가들에서는 다 합쳐서 180일밖에 체류할 수가 없대요. 그러니 내년 여름까지 외국에서 버티려면 솅겐조약에 가입하지 않은 나라에서 일정 기간을 머물러야 해요. 아, 물론 언니가 머무는 스웨덴도 가봐야죠.

제 계획은 대략 이렇습니다. 언니가 가고 싶은 곳도 얘기해주세요. 함께 여행 계획을 짜는 것만으로도 기대가 됩니다.

2016. 8. 9.

인생을 함부로 대하지 않는 법

지영아!

긴 여행을 위한 준비체조로 아일랜드 어학연수를 마음먹었다니, 좋구나! 멋진 선택인 거 같아. 나는 1번 아일랜드 트래킹이 끌리고 3번 이탈리아의 작은 도시들을 둘러보는 것도 구미에 당긴다. 나도 여기서 두 나라에 대한 정보를 찾아보며 여행 밑그림을 그려볼게.

어디로 가야 할지, 가면 그곳에서 무엇을 해야 할지 생각의 강물을 표류하고 있는 너를 보니 미시마 유키오의 첫 장편『가면의 고백』의 한 구절이 떠오른다. 다가올 여행에 대한 들뜬 마음을 잘 표현하면서도 그 열기에 찬물을 끼얹는 구절인데, 너무 콕 집어 정확하게 말하고 있으니 작가가 좀 얄밉더군.

여행 준비로 정신이 없을 때만큼 우리가 여행을 구석구석까지 완전하게 소유하는 때는 없기 때문이다. 그다음에는 그저 이 소유를 망가뜨리는 작업이 남아 있을 뿐이다. 그것이 여행이라는 저 완벽한 헛소동인 것이다.

학교 때 소풍 전야를 떠올려보면 작가의 말에 일면 수긍하게 된다. 그렇다 하더라도 우리는 여행이 건네주는 상상을 실컷 누리자.

지금 네가 준비하고 있는 연극도 어떤 면에서는 낯선 곳으로의 '여행'이겠지. 뭐든 새로운 일을 찾아 열심히 하는 네가 부러워. "인생, 뭐 얼마나 다른 게 있겠어요?" 하면서도 대충 흘려보내지 않으려고 그렇게 부지런히 움직이는 너라서 나는 너를 좋아하나 봐.

어제는 오기가미 나오코 감독의 〈카모메 식당〉을 다시 봤다. 오래전에 봐서 기억이 가물거리는 데다 영화 속 배경이 스웨덴에서 멀지 않은 핀란드라 한 번은 더 봐야지 싶었거든. 큰 사건 없는 소소한 내러티브지만, 단순하면서도 힘 있는 대사 몇 개는 귀에 꽂히더라.

"인생에는 아직도 우리가 모르는 게 많다."

"하고 싶지 않은 일은 하지 않고 살려고 한다."

첫 번째 대사는 한 번도 의심해본 적이 없는데, 두 번째 대사는 자꾸 과거를 돌아보게 만들었어. 나는 하고 싶은 일과 하고 싶지 않은 일 사이에서 나 자신을 속이지 않는 선택을 하며 살아왔을까? 이 자문에 급격히 자신이 없어지면서 그렇지 않은 것 같다고 말끝을 흐렸다가, 그렇게 하지 못했다고 자백하고는 끝내 바닥에 이르렀지. 솔직해질 수 없어서, 변화가 두려워서, 소외되고 싶지 않아서 오랜 시간 아닌 척, 모른 척 지나온 거 같아.

떠나올 때는 홀로 왔지만 카모메 식당이라는 이국적인 공간에서 느슨하게 연대하는 여자들을 보며 진정으로 행복해지려는 사람은 자기 인생을 함부로 대하지 않는 사람이라는 걸 알게 됐어. 하고 싶지 않은 일을 하지 않는 것. 그것이 자기 인생을 존중하는 기본 태도가 아닐까?

경제적으로 풍요롭고 안정된 복지체계를 갖춘 북유럽 사회는 타국 사람들에겐 선망의 대상이고 어떤 어려움이나 슬픔도 없어 보여. 하지만 이곳에서도 저마다 비슷한 고민을 안고 살아가고, 외로움은 그 누구도 피할 수 없다는 걸 영화 속의 쓸쓸한 항구가 말해주더라.

한국은 폭염이라고? 염(炎)도 무서운데 '폭염(暴炎)'이라니!

그러나, 아무리 뜨거워도 다 지나간다.

유럽에서의 접선을 고대하며, 다시 연락할게.

2016. 8. 12.

종일 비 오시는 날에

지영아!

바람이 큰 소리로 불어와 자다 깼어. 아직 잠들 시간이 아닌 데도 요즘은 깊게 잠들지 못하고 잠 입구만 서성이다 깨니까 몸이 아무 때고 틈만 나면 자려 드네. 잠을 못 이뤄서인지 잡생각만 많아지고 말이야.

그리 크게 잘못하고 산 거 같지 않은데(사람들을 마구잡이로 좋아했던 것만 빼고) 인생이 고단하게만 느껴져. 머나먼 이국에 떨어져 나와 있는 게 조금 불안하기도 한 걸까, 나는.

가끔 친구들이 화상전화를 해서는 "거기는 얼마나 좋으냐"고 물어. 처음에는 그저 좋다고만 했는데 어느 날은 좋기도 한데 쓸쓸하기도 하다 했더니 "도대체 뭐가 쓸쓸하다는 거냐, '헬 조선'을 떠나고 싶어도 우리 같은 사람은 기회조차 없는데 무슨 배부른 소리냐"고 지청구를 해. 그런 이야기를 듣고 나면 '맞아. 나는 행복해야 해' 하는 의무감마저 든다.

떠나오기 전에 친구들이 해준 당부는 비슷비슷했어. 외국에 나가 살아보는 기회가 흔치 않으니, 이 기회를 잘 살려서 제대로 충전하고 오라는 덕담들. 그래, 나는 그들 말대로 남들이 부러워하는 흔치 않은 기회를 잡은 사람이야. 그런데도 왜 마냥 행복하지 않을까?

한국을 떠나기 일주일 전까지 나는 밤낮없이 바빴어. 한 달 간격으로 영화 두 편을 개봉해야 했고 다른 업무도 마무리 지어야 했으니까. 사실 남편과 나는 오랜 시간 적잖이 지쳐 있었어. 그는 매일 마감에 허덕이며 머리가 하얗게 세어갔고, 나도 20년 차 직장생활에 에너지가 바닥난 상태였지. 어디로든 떠나자고 그를 부추긴 건 나였어. 그도 우리에게 새로운 전기가 필요하다 여겼기 때문에 열심히 스웨덴행을 준비했던 거고. 그러니 바람을 이뤄준 그에게 더없이 감사하며 최대한 행복감에 젖어야 할 텐데……. 그의 노력에 그저 무임승차한 꼴이라 이 기회를 '내 것'으로 느끼지 못하는 걸까, 아니면 떠나오기 전에 스웨덴에 가면 무엇 무엇을 꼭 해봐야겠다는 간절한 버킷리스트가 없었기 때문일까?

떠나와서도 한동안은 생각과 마음을 그대로 한국에 둔 채 몸만 이곳에 와 있는 것 같았어. '앗, 출근해야 하는데 늦잠을 자버렸네' 하며 깜짝 놀라 깬 적도 여러 번이었으니까.

긴 산책 끝에 만나는 막막한 감정은 사는 법을 잊어버린 것 같은 기분으로까지 이어지곤 해. 그러면 인생을 통째로 복습해야 하

는 건 아닐까 불안해지고. 이런 어처구니없는 잡념들을 빨리 글로 써서 치워버릴 요량으로 노트북을 열고 책상 앞에 앉으면 또 금세 멍해지는 거야.

　이렇게 삶의 방향감각을 잃어버린 것 같을 땐 창가에 가서 내가 좋아하는 놀이터를 본다. 종일 흐리더니 지금은 비가 오시네. 비로 어룽지는 놀이터를 바라보며 생각을 그만해야 한다고 생각하고 있다.

2016. 9. 18.

우리를 실은 이 열차는
어디로 가고 있는 걸까요?

언니!

오늘 언니의 사진과 편지는 왜 이렇게 쓸
쓸한가요? 그게 스웨덴의 날씨 때문인지, 언니 말대로 마음을 이
곳에 두고 가서 그런 건지, 혹은 헐렁한 시간에 아직 익숙해지지
않아서인지 잘 모르겠지만, 언니의 마음에 다시 온기가 채워지면
좋겠어요. 반면 제가 있는 이곳은 너무나 분주하고 번잡스러워요.

저는 지금 부산행 무궁화호 안에 있어요. 허겁지겁 뛰어와 조금
전에 막차에 올라탔어요. 3주 전부터 본격적인 연극 연습이 시작
돼 일주일에 두세 번씩 서울에 다니고 있거든요. 여행 준비며, 집
정리며 할 것도 많은데 이게 뭐 하는 짓인가 싶은 생각도 들지만
그래도 재미있어요. 언니도 알다시피 연극은 제가 다음 생에서라
도 꼭 해보고 싶다며 벼르던 유일한 일이잖아요. 그런 일을 이번

생에서 하게 되었다는 것만으로도 감개무량할 따름이에요. 심지어 대한민국 연극 일번지인 혜화동 연습실에서 진짜 연출가, 진짜 배우와 함께 작업하니 들뜰 수밖에요.

연극을 핑계로 기차를 타고 서울을 오르내리는 일도 좋아요. 처음에는 가격 때문에 무궁화호를 타기로 했지만, 지금처럼 기차에서 편지도 쓰고, 책도 읽고, 여행 구상도 할 수 있으니 시간이 넉넉한 제게는 안성맞춤입니다. 칫솔과 책을 챙기는 일도, 떠나고 도착하는 사람들로 붐비는 대합실에 앉아 있는 것도, 싸구려 섬유유연제 냄새가 나는 침대에서 잠을 자고 혼자 밥을 먹는 일도, 오래 살아 익숙한, 그러나 오래전에 떠나서 조금은 서먹해진 서울의 거리를 걷는 일도 여행의 설렘을 불러일으킵니다. 일종의 여행 연습을 하는 것 같아요.

그 덕에 여행에 대한 불안이나 저항감이 조금씩 덜어지는 것 같아요. 사실 저도 언니처럼 이번 여행이 설레기만 한 건 아니었거든요. 차라리 국내 어디 작고 조용한 도시에 가서 칩거하는 게 낫지 않을까 하는 생각도 했었어요.

그간의 제 생활이라는 게 학교와 집을 오가며 학생들을 만나는 일 말고는 아무것도 없었으니 행동반경을 넓히는 일만으로도 제게는 벅찼던가 봐요. 특히 지난 몇 년간의 삶은 거의 유배 생활과 다름없었어요. 모든 감각과 욕망을 차단하고 한껏 움츠린 채 살아가는 두더지 같았죠. 제게 유일하게 허락한 금요일 밤의 쾌락마저도 너무 과할 세라 꽁꽁 억눌렀을 정도니까요. 늘 같은 상표의 맥주 두 캔과 닭꼬치 하나, 그리고 과자 한 봉지를 골라 드는 것은 게으름 때문도, 취향 때문도 아니었을 거예요.

그럼에도 불구하고 사람들이 연구년 계획을 물어볼 때마다 '세계여행'을 할 거라고 떠벌리며 저를 몰아간 이유가 있다면, 여기에 있다가는 도저히 일에서 놓여날 수 없겠다는 생각이 들었기 때문이에요. 닥치는 대로 일에 매달리며 공허와 쓸쓸함을 외면한 채 지냈는데, 어느새 그 일들이 저를 옴짝달싹 못하게 옭죄고 있더라고요. 그러던 차 운 좋게도 연구년을 맞이하게 된 거죠. 아니, 어쩌면 무의식중에 연구년까지만 이렇게 살자고 생각하고 있었는지도 모르겠어요.

이 여행이 영화에서 흔히 그러듯 저를 성장시킬 수 있다면 좋겠지만, 그렇지 않더라도 떠난다는 것, 그리하여 일상으로부터 거리를 둘 수 있게 된 것만으로도 제게는 충분합니다.

조금 전까지 두런두런 이야기를 나누던 기차 안의 사람들은 모두 잠이 들었는지 사방이 고요합니다. 창밖의 어둠을 캔버스 삼아 객차 안의 불빛이 번지는 이 풍경이 곽재구의 시 「사평역에서」를 떠오르게 해요. "단풍잎 같은 몇 잎의 차창을 달고 / 밤열차는 또 어디로 흘러가는" 걸까 궁금해 하는 사람이 저 어둠 속 어딘가에 홀로 서 있을 것만 같아요. 정말로 우리를 실은 이 열차는 어디로 흘러가고 있는 걸까요?

2016. 9. 19.

낙엽과 낙과의 계절에

지영아!

그러게, 우리의 기차는 어디쯤 달리고 있는 걸까? 네 편지를 읽으며 여행은 반가움과 쓸쓸함이 동시에 묻어나는 얼굴임을 실감했는데, 낮에 서울의 친한 지인에게서 메일을 받고 보니 그 마음이 더 짙어진다. 어쩌면 죽음은 삶의 마지막 여행일지도 모른다 싶고.

투병 중이시던 그의 아버지가 결국 돌아가셨다는구나. 서울에 있었다면 반드시 조문을 했을 텐데 여기서 듣자니 짠한 마음이 더하다. 가족 입장에선 마음의 준비를 했대도 막상 닥치면 생각과는 많이 다르겠지. 지진 뒤 몇 백 번을 상회하는 여진처럼 마음은 앞으로도 얼마나 자주 흔들려야 할까?

크든 작든 상실은 사람을 상하게 하는 거 같아. 지인의 아버지는 '정신이 멀쩡했을 땐' 어머니만을 위해 살았는데 노인성 치매가 오고부터는 어머니를 원망했다고 해. "내가 한평생 너를 공주로 대접하느라 얼마나 힘겨웠는지 아느냐"며 악담도 종종 퍼부어서 그럴 때마다 가족들이 어머니 앞에서 몸 둘 바를 몰라 했다는 거야.

그럼 이쯤에서 궁금해지지. 정신이 멀쩡할 땐 누구에게도 털어놓지 못하던 비밀이나 말 못 한 사정이 치매라는 극단적인 상황에서만 봉인이 해제되는 건가? 끙끙 앓더라도 끝내 가슴에 묻었다가 눈 감는 게 나을까, 아니면 정신을 놓은 상태에서라도 무거운 짐을 풀어놓고 세상을 떠나는 게 나을까? 한 생을 접고 떠날 때는 그렇게 물음표를 새기고 가는 것인가 봐.

내가 왜 이런 생각에 매여 있냐면 어제 본 스웨덴 다큐멘터리가 바로 이런 죽음의 이면을 건드리고 있었기 때문이야.

3주 전부터 복도에 옅은 악취가 떠다닌다는 아파트 주민들의 신고를 받고 사회복지 요원 두 명이 조사하러 나온다. 요원들은 아파트 복도를 걸으며 어느 집의 현관문을 열기 전부터 어떤 상황인지 직감하지. 그들이 어지럽게 흩어진 물건들을 헤집고 들어가니 오래전에 죽었음에 분명한 한 남자가 '있(었)어'.

내레이터가 말하길 누구도 그의 죽음을 몰랐는데 그건 사자(死者)의 통장에서 계속해서 돈이 자동으로 인출되고 있었기 때문이래. 세금이 빠져나가고 있으니 경제활동 인구에 속한 거고 그렇다면 그는 죽었을 리 없으니까.

요원들은 상당량의 현금도 발견했어. 죽기 전에 그는 집 안의 값나가는 물건들을 모조리 팔아서 현금으로 바꾼 뒤 눈에 잘 보이는 곳에 두었는데, 누구든 이곳에 왔을 때 자신의 장례를 위해 써 달라는 의미가 아니었겠냐고 나레이터는 말하더라. 이 상황이 너무도 낯익지 않니? 한국의 사회면에서 읽었던 기사가 이곳 스웨덴에서도 똑같이 읽히고 있다니 말이야. 그래도 통장 자동인출은 적잖은 충격이었어.

지난 해, 휴대폰이 울리는데 깜짝 놀란 적이 있어. 그 전 주에 장례식에 다녀온 바로 그 사람의 번호가 내 휴대폰 화면에 뜨는 거야. 아내의 장례식에 찾아와 위로해주어서 감사하다고 그녀 남편이 보낸 메시지였어. 이젠 세상에 없는 사람의 '번호'를 내가 미처 지우지 않았기 때문에 그 사람 이름으로 메시지를 받은 것인데, 그럼 그녀의 다른 정보들은 어떻게 되는 걸까?

그녀는 평소 SNS 등 온라인 소통을 즐겨 하던 사람이었어. 그녀의 생각이 담긴 일기나 다름없는 메시지들이, 어느 온라인 바다를 떠다니고 있는지 궁금해지더라. 그녀는 이제 없는데 그의 온라인 계정들은 여전히 살아 있다면 그녀가 죽은 줄 모르는 사람들에겐 여전히 그는 살아 있는 사람인 거잖아. 자동으로 인출되는 통장처럼 말이야. 그래서 디지털 장의사라는 말도 도는가 봐, 요즘은.

지인의 부고를 전하다 여기까지 흘러왔지만, 누군가 가족을 잃었다고 하면 나는 또 어쩔 수 없이 내게 찾아왔던 죽음들이 떠올라. 다섯 살 여름, 잠시 비 그친 오후, 마당에 길쭉하고 좁은 관이 놓였는데 그 안에 엄마가 누워 있었어. 아무 기척이 없어서 엄마는 그냥 자는 것 같았지. 사람들이 엄마를 빙 둘러싸고 있었는데 여기저기서 흐느끼는 소리가 들렸어.

아빠는 고개를 푹 숙이고 작고, 낮게 울고 있었어. 아빠가 우는 걸 보니까 나도 눈물이 났어. 아빠 손을 잡고 흔들어대는 나를 어디선가 다가온 작은 아빠가 안아 올렸어. 작은 아빠는 내 고개를 돌려 마당에 누운 엄마와 우는 아빠를 보지 못하게 했어. 그래도 내가 보겠다고 버둥거리니까 작은 아빠는 구멍가게로 나를 데려갔어. 나는 좀 전에 본 것을 싹 잊고 맛동산을 맛있게 먹었고.

다 먹은 과자 봉지를 버리고 집으로 돌아왔지만 아빠는 여전히 울고 있더라. 동네 아줌마들이 우리 집을 나서면서 누가 먼저랄 것도 없이 내 머리를 쓰다듬으며 "이 어린 것을 두고 어찌 눈을 감았을꼬" 하고 말했어.

두 번째 죽음은 스물에 왔어. 오빠는 군에서 휴가 나온 날 저녁, 집에서 죽었어. 나와는 네 살 터울인 작은 오빠를 나는 무척 따르고 좋아했는데 얼마나 좋아했냐면 오빠 옷을 입고 학교에 갈 정도였어. 언니가 없는 내게는 말수가 적고 가만히 웃기만 하던 오빠가 언니 같았거든. 오빠는 혼자 있기를 즐겼지만 나하고만은 같이 놀고 싶어 해서 우리는 밤이 깊은 줄 모르고 이야기꽃을 피우던 날도 많았어. 그런 오빠가 제 가슴께에 총을 쏴 스스로 목숨을 끊었어.

군대에서 오빠가 내게 보낸 편지 안에는 그곳이 힘들고, 외롭고, 무섭다는 말들로 가득했어. 지옥 같은 곳에서 휴가를 나왔으니 자유와 해방감을 만끽할 만도 한데, 그때 오빠에게 짧은 휴가는 어떤 위안도 주지 못했나 봐. 복귀해야 할 군대는 얼마나 무섭고 두려운 곳이었을까?

오빠가 남긴 유서에는 맥락과 행간을 이해 못할 말들이 두서없이 나열돼 있었는데, 이 한 마디는 언제까지고 내 가슴을 후벼팠어. "하나뿐인 여동생도 나를 이해하지 못한다." 나는 오빠의 무엇을 이해하지 못했을까?

오빠가 떠난 지 20년도 더 지났지만 나는 지금도 이따금 오빠가 내준 문제를 풀지 못해 쩔쩔매는 꿈을 꿔. 아버지는 날개 꺾인 새처럼 축 처져서는 자식을 먼저 죽인 아비라는 죄책감에 오래 시달려야 했고. 그 뒤로는 사람 만나는 일을 꺼리고 자식들 일에도 깊게 관여하지 않으려 하시더라.

톱스타들이 알코올과 약물에 기대다 스스로 생을 접었다는 보도를 접할 때마다, 목숨을 끊기까지 그가 홀로 견뎌야 했을 외로움과 고통의 시간을 더듬어본다. 어둠 속에서 수없이 울었을 테지만 아침이면 멀쩡한 얼굴로 사진을 찍고 공연을 했겠지. 미어지는 가슴을 부여안고 매일 무대 위와 뒤를 오간 그들의 스산한 삶. 이 외줄만 놓아버리면 다 끝낼 수 있다는 유혹에는 얼마나 자주 시달렸을까?

오빠가 가고 오래지 않아 할머니가 돌아가셨어. 할머니는 그 작은 몸으로 당신 자식 일곱을 기르고 죽은 며느리를 대신해 손자 셋을 더 기르셨으니 모두 열을 키운 셈이야. 할머니는 매일 남의 집 일을 해주고 쌀이며 감자를 얻어와 우리에게 먹였어. "어서 죽어야지" 하며 신세 한탄도 자주 하셨지만, 나는 그때까지 할머니가 돌아가실 수 있다는 생각은 한 번도 안 해봤어. 할머니는 여든세 해를 사시고 폐암으로 돌아가셨어.

병원에서 임종을 준비하라는 신호를 주었으니 가족들에겐 이별을 준비할 시간이 있었지만, 그래도 더는 할머니를 볼 수 없다는 게 그렇게 슬플 수 없었어. 할머니는 어떤 면에선 내게 엄마 같은 분이었으니까.

세상에 오면 언젠가는 떠나가야 하는 게 자명한 이치지만 우리는 영영 떠나지 않고 머물 것처럼 굴잖아. 그 잦은 죽음을 목도하고도, 멀리 갈 것도 없이 내가 그래.

함께 보낸 사진은 오늘 산책하다 찍은 거야. 여긴 아파트가 아니면 집마다 작은 마당이 있고 꼭 과실이 열리는 나무를 키우는데, 요즘엔 탐스럽게 영글어 오른 사과와 이름 모를 열매들이 그 무게를 이기지 못하고 마구 떨어지는 중이야. 여기 사람들은 낙과는 그냥 땅 위의 낙엽처럼 본체만체 하는데 나만 신기해하며 하나씩 집어 먹어.

나뭇가지는 놓아버리려는데 억지로 (매)달려 있는 게 아니고 오로지 가지가 과일을 사랑해 붙잡고 있는, 내 눈에는 부럽기만 한 과일의 좋은 시절이 지나면, 자연스럽게 떨어질 만해서 떨어진다. 그 낙과들은 곧 썩어들어 가기 시작하고 파리도 꼬이고 벌레도 기어와 양껏 파먹지. 물론 오래가진 않아서 어느 결에 보면 다 치워

지고 없어. 그게 우리의 한 생(生)과 비슷하다는 기분을 떨칠 수가

없네.

2016. 9. 25.

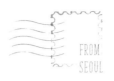

가고 오는 것의 의미

언니!

언니가 그곳에 간 지도 두 달이 다 되어 가는군요. 이제 산책 코스도 생기고 자주 다니는 슈퍼도 생겼겠구나, 하고 생각하던 참인데, 언니의 편지를 보니 정말 일상이 다시 시작된 것 같네요. 아니, 그곳에서도 일상은 흘러간다는 게 맞는 표현이겠죠. 잔잔하게 흘러가다 난데없는 소식이 던져지고, 그 소식에 크게 출렁거리다가 이내 아무 일도 없었다는 듯 다시 흘러가는 그런 시간들 말이에요.

아이러니하게도 뜻밖의 소식을 듣고 나서야 우리는 우리가 보내고 있는 시간이 일상의 시간이었음을 알게 되는 것 같아요. 그리고 그 소식은 그 일상 속에 숨어 있던 '사건들'을 순식간에 드러나게 하죠. 거울같이 고요했던 한때의 일상을 불시에 산산조각냈던, 그로 인해 이전으로 돌아갈 수도 앞으로 나아갈 수도 없게 우리를 절망에 빠뜨렸던, 그러나 어느새 우리 안 깊숙이 가라앉아 우리와 함께 조금씩 앞으로 흘러가던 그 사건들 말이에요.

일상 속으로 깊이 자맥질해 들어가 과거의 사건을 만나는 것, 그것 또한 여행이라는 생각이 듭니다. 그리고 모든 여행이 결국은 집으로, 일상으로 돌아오며 일단락되는 것처럼, 그 사건을 만나고 다시 수면 위로 떠오를 거라고 믿어요. 땅에 떨어져 썩어가던 열매들이 이듬해 봄이 오면 꽃으로 다시 피어나는 것처럼 말이죠.

조금 다른 맥락의 이야기지만, 제가 이번 여행에서 설렘을 느끼는 유일한 이유가 있다면, 여행을 계기로 지금 여기에서의 삶을 모두 정리할 수 있다는 것이에요. 이를테면 대학 4학년 때 자취를 시작하면서 여기저기서 주워 모은 살림살이들을 싹 다 정리하는 일 같은 거 말이에요. 그것들을 여기 부산까지 끌고 내려온 건 혹시나 결혼이라는 걸 하게 되면 새살림을 장만하게 될 텐데 괜한 낭비를 할 필요가 있을까, 하는 생각에서였다면 우습죠?

그것 말고도 자의 반 타의 반으로 벌여놓은 일에서도 손을 떼고, 어쩔 수 없이 유지해야 했던 관계들도 1년간의 부재를 핑계로 내려놓을 수 있을 테죠. 이렇게 다 정리하고 떠난다는 건 돌아올 이유도 사라진다는 거고, 그렇기 때문에 돌아오지 않을 수도 있고, 설사 돌아온다고 해도 완전히 새롭게 시작할 수 있다는 의미라고 저는 생각하나 봐요.

이렇게 수동적인 방식으로밖에 주변을 정리하지 못하는 자신이 한심스럽기도 하지만, 지금 이 상황이 얼마나 해방감을 주는지 몰라요. 오죽하면 짐을 정리하면서 오규원의 「죽고 난 뒤의 팬티」라는 시를 떠올렸을까요. 가벼운 교통사고를 몇 차례 겪고 난 후 차가 조금만 과속해도 "언제 팬티를 갈아입었는지" 생각하게 되었다는 이 시의 화자처럼 돌아오지 않더라도 부끄럽지 않도록 남은 짐들을 정리해야겠다 싶어서요.

하지만 이건 어디까지나 오욕칠정의 지배를 받는 인간의 이야기고, 열매가, 그리고 가지가 무슨 생각을 하겠어요. 그게 섭리니까 떨어지고, 때가 되니 썩는 거겠죠. 나약한 우리 인간만이 가고 오는 것에 이렇게 의미를 부여하며 보내지 못해서, 또 떠나지 못해서 괴로운 거죠.

연극은 드디어 내일 막이 오릅니다. 꿈같이 행복한 경험이 끝나가니 아쉬울 법도 한데, 그보다는 어서 빨리 해치워버렸으면 하는 이상한 심보가 발동하네요. 그간의 노력이 어떤 모습으로 세상에 나올지 어서 보고 싶은가 봐요. 1회 공연이라 회를 거듭하며 조금씩 변화하고 완성해나가는 경험을 못하는 게 아쉽기는 하지만 그런 만큼 후회 없이 해야겠지요.

유치원 학예회도 아닌데 온가족이 다 보러 온다네요. 엄마까지 오시기로 했어요. 언니가 여기에 있었다면 당연히 보러 왔을 텐데, 다 끝나고 저를 꼭 안아주며 '잘했어, 지영아'라고 했을 텐데, 그런 언니가 없어서 아쉬워요.

2016. 9. 30.

저기 어딘가에
〈겨울왕국〉의 엘사가…

지영아!

그러잖아도 생애 첫 연극은 잘 마쳤을까 궁금하던 참이었어. 열심히 준비해서 두려움을 안고 무대에 올랐을 너를 생각하니 내가 그 자리에 선 것처럼 흥분된다,고 말하고 싶지만 무대에 오른 연기자의 심정이란 어떤 것일지 도무지 그려지지 않네. 다만 너의 초연을 보지 못해서 아쉽다.

네가 연구년을 핑계(?) 삼아 잠시라도 일에서 놓여날 수 있게 돼 다행이야. 생각해보면 나도 남들 눈에 일에 매여 사는 듯 보이는 게 싫어서 "나는 내 일을 정말 좋아해요" 하고 먼저 떠벌렸던 것 같아. 그런 면에서 너와 내가 진짜 섬겨온 신(神)은 '일'이었는지도 모르겠어. 괴로움을 잊으려고, 외로움을 감추려고, 복잡한 심사를 누르려고, 아무것도 생각하지 않으려고 안전하고 완전한 대피소인 일에 숨어버린 거지. 그렇대도 그 시절을 너무 가혹하게 닦아

041

세우진 말자. 그저 우리가 그만큼 상처에 취약한 사람들이라는 것만 담담히 받아들이자.

더 추워지면 자동차 여행은 어렵다기에 남편과 나는 핸들을 번갈아 잡아가며 길을 나섰어. 오늘로 사흘째에 접어들었는데 한국 같으면 바깥 활동을 하기 딱 좋은 가을 날씨지만 풍경 때문인지 체감으로는 초겨울 같아.

8시간을 내리 달려서 첫 날은 노르웨이의 수도 오슬로에 도착해 도시 곳곳을 걸었고, 어제와 오늘은 노르웨이 제2의 도시 베르겐에 머무는 중이야. 이곳에서 두어 시간 더 들어가면 '피오르 트래킹의 메카'라 불리며 전 세계인을 자석처럼 끌어당기는 스타방에르가 나타난다. 빙하의 침식 작용으로 생긴 U자 형태의 계곡에 바닷물이 들어와 만들어낸 협곡을 피오르(Fjord)라고 하는데, 이 말은 내륙 깊이 들어온 만(灣)이라는 뜻의 노르웨이어란다. 바닷물이 30%, 빙하가 녹은 물이 70%로, 바다지만 짜지 않은 바닷물이 특징이라고 해(직접 맛을 보진 못했어).

전 세계 아이들에게 주제곡 '렛잇고(Let it go)'로 더 잘 알려진 영화 〈겨울왕국〉의 배경이 노르웨이라는 건 알고 있지? 눈앞에 펼쳐진 수많은 산등성이, 저기 어디쯤에 〈겨울왕국〉의 엘사가 살고 있을지도 모른다는 상상만으로도 풍경이 달리 보인다. 산들은 하나같이 만년설 모자를 뒤집어쓰고 있는데, 지금 저 품 안에서 트래킹하고 있는 사람들은 또 얼마나 많을지 모르겠어. 그리고 내려와선

자연의 한가운데서 시원한(?) 목욕을 즐기는 거야. 으~.

북유럽의 자연환경은 이곳 사람들에게는 신이 내린 축복이지만 우리처럼 한반도에 태어난 이들에게는 신이 균형감각을 잃었음을 보여주는 부당한 사례라고 생각해. 말을 잊게 만드는 광활한 숲과 수평선을 찾을 수 없어 혹시 바다가 아닐까 착각에 빠지게 하는 강과 호수들. 이런 경관 속에 있다 보면 신에게 진실로 서운해지거든.

겨울에 꽁꽁 얼어붙은 호수는 곧장 아이들의 스케이트장으로 변하니까 스케이트와 하키 스틱, 방수용 활동복은 이곳 아이들에게 없어서는 안 될 필수품이야. 아이들은 운동장과 들판에서 자유로운 말처럼 뛰노는데, 도대체 공부는 언제 하나 싶게 매일 놀기만 해. 거의 밥숟가락 놓기 무섭게 뛰쳐나가는 수준이라니까.

요즘 같은 10월엔 오후 3시만 되도 밖은 꼭 밤 9시는 된 것처럼 어두워져. 그래서 이제는 모두 집으로 돌아갔겠지 싶은데, 저녁을 먹고 나면 아이들은 집 근처에 있는 김나지움으로 달려가서 또! 뛰고 있는 거야.

아이들이 김나지움에서 하는 운동은 클라이밍, 실내하키, 수영, 요가, 배구, 농구, 헬스 등 종목도 다양해. 여기 사람들에게 스키와 스노보드는 북유럽의 긴긴 겨울을 통과하는 데 꼭 필요한, 스포츠라기보다는 놀이에 가까워서 소위 '스키 근력'을 기르느라 여름에도 아스팔트 위에서 한 발로는 보드를 지치고 양손에 든 스틱으로는 땅을 밀어낸다.

이렇게 말하면 스웨덴 사람들이 대단히 활동적으로 자극만 좇는 것 같아도, 평소엔 너무도 차분하고 조용해서 말 붙이기도 어렵게 느껴질 때가 대부분이야. 여름 한 철을 빼고는 인색한 일조량과 금세 어둠이 깃드는 날씨 때문에 우울증을 앓는 이들도 상당하다고 해. 그래서 틈만 나면 바깥으로 나가서 걷고, 뛰고, 오르려는 것 같다고, 이곳에서 30년 가까이 살고 있는 한국 사람이 말해주더구나. 그 말을 들으니 버트런드 러셀의 『행복의 정복』의 한 구절이 떠올랐어.

행복한 인생이란 대부분 조용한 인생이다. 전날 밤의 즐거움이 클수록 아침의 권태는 더 깊어지게 마련이다. 결국 중년 시절도 오고, 노년 시절도 올 것이다. 스무 살 때는 서른 살이 되면 인생은 끝날 거라고 생각한다. 쉰여덟 살이 된 나로서는 그런 생각은 받아들일 수 없다. 자극이 지나치게 많은 삶은 밑 빠진 독이나 다름없다. 이런 상태에서 사람들은 환희에 가까운 감격이야말로 즐거움의 필수 요소라고 여기기 때문에 끊임없이 감격을 느끼기 위해 점점 더 강력한 자극을 찾을 수밖에 없다. 훌륭한 책들은 모두 지루한 부분이 있고, 위대한 삶에도 재미없는 시기가 있다.

가끔 삶이 별 자극 없이 조용히 흘러가는 것만 같아 무미건조하고 지루하게 느껴질 때 이 구절을 가만히 떠올려 보곤 해. 행복한 인생이란 대부분 조용한 인생이고, 훌륭한 책들은 모두 지루한 부분이 있다는 게 위로가 되거든.

　　더블린에 자리 잡게 되면 짧게라도 답 주렴. 내가 매일 걷는 숲
으로 난 산책길에 너를 초대하고 싶어. 함께 걸으며 수다 떨 날이
곧 오겠지.
　　준비하는 모든 손길이 순조롭길.

2016. 10. 3.

쓸쓸한 낯선 거리에서

언니!

전 런던 친구네에서 일주일을 잘 보내고 오늘 더블린에 도착했어요. 숙소도 깨끗하고 동네도 마음에 들어요. 플랫메이트는 아직 못 만났는데, 지금 시각 열두 시, 아직도 안 들어오고 있는 걸 보면 주말을 신나게 즐길 줄 아는 열혈 청춘이 아닐까 짐작만 해봐요.

학원의 코디네이터가 숙소에 관한 이런저런 당부를 남기고 돌아간 늦은 오후, 집 안을 서성거리다가 짐도 풀지 않은 채 현관문을 나섰어요. 낯선 도시의 낯선 집에 아무도 없이 덩그러니 혼자 있자니 기분이 이상하더라고요. 마침 냉장고도 텅 비어 있고 해서 먹거리를 구할 겸, 동네를 한 바퀴 돌아보기로 했죠.

그런데 역시 저는 구제 불능의 길치인가 봐요. 마켓에서 장을 보고 돌아오는 길에 한참을 헤맸지 뭐예요. 양껏 욕심을 부려 일

이제부터 석 달 간 머물 숙소 진입로입니다.

으리으리하죠?

저희 플랫은 반지하에 빼꼼히 보이는 저 창문!

주일 치 식량을 채워 넣은 가방은 점점 무거워지는데 해는 져서 어두워지지, 바람이 불어 때 이른 낙엽들이 우수수 떨어지지, 보이는 거라곤 어둠에 잠겨가는 낯선 형태의 나무뿐이지……. 갑자기 길 잃은 아이처럼 울고 싶은 마음이 들었어요. 이 도시에 내가 아는 사람, 나를 아는 사람이 한 명도 없다는 게 실감난 거죠.

이런 게 우주적인 외로움이라는 걸까 싶은, 막막하고 쓸쓸한 그 느낌은 한동안 잊고 있었던, 그러나 익숙하고도 오래된 감정이었어요. 해 질 녘 TV에서 흘러나오는 불빛 안에 덩그러니 앉아 일 나간 엄마를 기다리던 꼬마 때 처음 느꼈고 석양이 잦아드는 시간만 되면 어김없이 찾아오던, 그러다가 하루가 어떻게 저무는지 살필 새도 없이 바삐 지내면서부터 잊고 있던 감정이었죠. 그 감정에 이름이 있다는 것은 나중에 알게 되었는데, 본원적인 상실에 대한 그리움, 즉 향수(nostalgia)라고 하더군요.

더블린 공항에 내려 숙소에 올 때까지만 해도 아무렇지 않았어요. 집을 떠난 지도 얼마 되지 않았고 오히려 새로운 생활에 대한 기대로 들떠 있었죠. 그런데 갑자기 잊고 있었던 그 감정에 휩싸였어요. 낯선 도시에서 무방비 상태로 맞닥뜨린 늦가을 석양빛 때문이었을까요? 혹은 어제와 오늘의 간극이 너무 커서 그랬던 건지도 모르겠어요. 어제까지만 해도 낯선 곳이지만 돌아갈 곳이 있었고, 돌아가면 나를 기다리는 친구들과 정다운 저녁을 보낼 수 있었으니까요.

점퍼의 앞자락을 여미며 발걸음을 재촉하다가 멜로디 하나가 떠올랐어요. 바로 어젯밤 친구들과 함께 들었던 노래였어요. 제목은 '스트리트 오브 런던(Street of London)'. 멋진 펍에서 거한 송별회를 한 것만으로는 아쉬워 집에 돌아와서 와인을 마시는데, 친구의 하우스메이트인 제인이 오래된 전축에 이 LP를 올려놓더군요. 한국에서 온 여자 둘과 영국의 시골에서 온 여자 하나가, 아니 일로 외로움을 견디며 사는 중년 여자 셋이 마룻바닥에 누운 채 이 노래를 반복해서 들으며 큰소리로 다 같이 따라 불렀다는 거 아니겠어요.

집에 와서 가사를 찾아보니 이렇네요.

런던 거리를 걸어가는 나이든 여자를 본 적이 있나요?

Have you seen the old girl who walks the streets of London

냄새 나는 머리에 누더기를 걸친 여자

Dirt in her hair and her clothes in rags

입을 꾹 다문 채 길의 오른편에 붙어

She's no time for talking, she just keeps right on walking

두 개의 캐리어에 집을 담아 끌고 가는 여자

Carrying her home in two carrier bags

그러니, 당신이 감히 어떻게 외롭다고 말할 수 있겠어요.

So how can you tell me you're lonely

태양이 빛나지 않는다고 어떻게 말할 수 있겠어요.

And say for you that the sun don't shine

내가 당신 손을 잡고 런던 거리로 데려가

Let me take you by the hand and lead you through the
streets of London

당신의 생각이 바뀔 무언가를 보여줄게요.

I'll show you something to make you change your mind

이 가사가 이번 제 여행의 주제가 아닐까 하는 불안한 생각이 살짝 드네요. "두 개의 캐리어에 집을 담아 끌고 가는 나이든 여자"라니, 정확히 제 얘기잖아요. 딱 두 개의 캐리어에 모든 짐을 담고 부산 거리에서 서울 거리로, 그리고 런던 거리를 거쳐 여기 더블린 거리까지 왔으니 말이에요. 그러니 오늘 밤만큼은 외롭다고 말할 자격이 제게는 있는 걸까요?

2019. 10. 15.

너는 내 삶의 목격자

지영아!

가사는 서럽고 멜로디는 구슬퍼서 평소라면 두 번은 못 들을 '스트리트 오브 런던(Street of London)'을 여러 번 듣고 있는 중이야. 세계 어느 골목길, 어느 시내에서 너와 나처럼 홀로 여행 중인 사람에게 이 노래를 들려준다면 금세 눈시울이 붉어질 것만 같아. 이 곡을 무한반복해서 들을 작정으로 오늘은 아예 이어폰을 끼고 산책에 나섰어.

밤낮으로 산책을 나가다 보니 마주치는 사람들과 눈인사를 하거나 가끔은 짧은 대화를 나누기도 해. 연구소의 임시 숙소에 도착한 지 얼마 되지 않았을 때 점심을 물리고 산책에 나섰다가 맞은편에서 유모차를 밀며 다가오는 한 동양 여성과 마주쳤어. 같은 아시아인이라 더 반가웠던 걸까? 걸음을 멈춘 채로 누가 먼저랄 것도 없이 우리는 인사를 나눴는데 이야기가 길어지며 벤치를 찾아 앉게 됐어. 더듬더듬 짧은 영어로 묻고 답했지만 서로의 '인적 사항'을 탐색하기에는 무리가 없었어.

일본인인 그녀의 이름은 미와(miwa). 미와는 5년 전에 일본에 여행 온 스웨덴 남자를 만나 뜨거운 연애 끝에 그와 결혼했어. 일본을 너무도 사랑하던 이 스웨덴 남자는 휴가철만 되면 짐을 꾸려 일본으로 여행을 왔는데 일본 곳곳을 여행하며 일본어도 열심히 배웠다고 해. 그렇게 자연스럽게 일본 '오타쿠'가 된 거지.

둘은 집에서는 일본어로 대화한단다. 지난달, 스웨덴 딸네 집을 방문했던 미와 부모님은 사위와 어떤 불편함도 없이 많은 이야기를 주고받아서 아주 흡족한 마음으로 즐겁게 생활하다 고국으로 돌아가셨대.

올해 마흔인 미와는 남편이 직장에 가 있는 낮 동안엔 네 살 된 아들 오스카와 시간을 보내. 오늘은 미와가 우리 만남을 기념하자며 점심으로 스웨덴 가정식이라고 할 만한 미트볼 스파게티를 만들어주었어. 점심을 먹으며 자신이 그간 경험한 스웨덴 생활에 대해 들려주었는데, 나는 간간이 질문만 했어. 그런데 만남이 잦아지다 보니 조금 더 분명해지는 게 있더라.

미와와 나의 대화는 처음에는 잘 흘러가는데 어느 단계에 이르면 더는 깊어지지 못하고 제자리를 맴도는 거야. 그러면 이야기가 겉돌면서 흥미도 서서히 떨어져. 처음엔 이런 상황이 답답했지만 나중엔 조금 속이 상하더라. 한국어라면(미와 입장에선 일본어겠지) 풀어놓을 말이 한 보따리인데 서로가 모국어가 아닌 영어로 말하

다 보니 절대 풀리지 않을 보자기의 끝매듭만 만지작거리고 있는 느낌이거든.

미와는 일본에서 컴퓨터 프로그램을 공부하고 회사에서 프로그래머로 일하다 결혼했대. 일본의 최근 상황은 어떤지 모르겠지만 미와가 대학을 졸업하고 입사시험을 준비하던 때는 취업이 쉽지 않았대. 게다가 자기가 하는 일에 보람과 재미도 느꼈다니까 그런 괜찮은 조건을 접고 이곳에 오기까지 망설임이 없었을까? 살면서는 어떤 아쉬움을 느꼈을까? 인적이 거의 없는 한적한 공원을 어린 아들과 산책할 때 마냥 한가롭기만 할까? 여유로움도 일상이 되고 보면 고적감과 비슷해지지 않을까?

이런 복잡한 감상을 깊게 나누고 싶지만, 내 질문에 대한 미와의 답은 "응, 외로울 때도 있어.", "(사는 게) 그런 거지 뭐.", "(그럼에도) 행복해"로 짧게 정리되고 마는 거야. 그리고는 서로를 보고 웃지. 더 묻고 싶은 마음은 감춘 채. 그녀와 헤어지고 돌아올 때마다 내 기필코 스웨덴어든 영어든 가열 차게 공부해서 이 불편함을 없애리라 결심하지만, 나는 또 알고 있지. 이런 생각도 며칠 지나면 또 까맣게 잊힐 거라는 걸.

무안해진 마음에 잠시 딴생각을 해본다. 같은 언어를 쓴다 해도 사는 동안 서로를 제대로 이해하고, 이해받는다는 느낌을 나눌 사람을 만날 확률은 얼마나 될까?

이런 생각 끝에 너와 함께 찍은 사진을 꺼내들었어. 자세히 들여다보니 우리 둘, 웃는 모습이 조금 닮기도 했네. 오래 보면 분위기가 닮는다던데, 오래 봐서 닮게 된 걸까, 닮은 사람들이라서 오래 보는 걸까?

돌아보면 너에게만 하고 싶었고, 너여서 할 수 있었던 이야기들이 있었던 거 같아. 찻잔을 앞에 두고 마주보기도 했고, 휴대폰 문자를 주고받기도 했지만 대개는 메일 창을 열고 편지를 써내려갔지. 그런데 전화를 걸어 길게 수다를 떤 기억은 없네. 우리는 말보다 글이 편한 사람들이기 때문일까 아니면 속마음을 털어놓기엔 말보단 글이 더 적합해서일까? 아무렴 어때. 우리가 이렇게 오랫동안 이어져왔다는 게 중요한 거지.

십오 년 전이구나, 벌써. 우린 대학원 조교 사이로 만났었잖아. 내가 오전에 연구실에 출근해 창문을 활짝 열어 청소를 끝낸 후 연구실을 지키는 낮 조교를 하고 있으면, 근무를 교대하러 밤 조교인 네가 왔지.

너를 처음 본 순간이 아직도 또렷이 기억나. 숱이 많은 긴 머리를 포카혼타스처럼 땋아 내린 아이가 두꺼운 책 두세 권을 가슴에 안고 연구실로 들어서는데 꼭 인디언 소녀 같았어.

사실 우린 전공도 달라서 같은 연구실을 지키는 조교를 하지 않았더라면 서로를 영영 몰랐을 텐데도, 교대하는 그 짧은 순간을 놓치지 않고 나는 네게 말을 걸곤 했지. 네가 언젠가 그랬어. "언니가 먼저 물어봐주지 않았다면 우린 가까워지지 않았을 거예요."

너에게는 묘하고도 신비로운 기운이 풍겼단다. 그것만으로도 충분히 매력적인데 교무과에서 사무를 보는 주임 선생이 네가 등단한 시인이라고 묻지도 않았는데 말해주더라. 아, 그래서였나? 너에 대한 의문이 조금 풀리는 것 같았어. 너에게서 묻어나던 신비로움은 다름 아닌 시인의 것이었구나, 하고.

그 뒤론 인디언 소녀의 어디에서 시가 뽑혀 나오는 걸까, 궁금했지. 그래서 겸연쩍기도 하고 경우에 어긋나는 짓 같기도 했지만 이것저것 마구 물었잖아. 시는 왜 산문보다 쓰기가 어려워? 어떤 순간에 슬퍼져? 갑자기 뭐라도 쓰고 싶어지는 순간이 있다면 언제야? 이해받지 못한다고 느낄 때는 어떻게 해?

호감은 곧 질문이 아닐까? 궁금한 마음에 계속 물어보고 싶고,

상대가 뭐라고 답하면 왜 그렇게 생각하는지 되물어보고 싶고, 거기에 평소 내 생각도 보태보고. 그 안에서 공통점이 발견되면 반가움에 고개가 끄덕여지고 차이가 드러나면 신기함에 눈빛이 빛나는 순간이 잦아지는 상태(그렇다면 슬프게도 질문이 사라진 상태를 호감이 다 한 거로 봐도 무리가 없겠구나).

기억나니? 연구실로 올라가는 길에 색색의 소국을 놓고 파는 아주머니가 있었지. 어느 날 그 앞을 지나는데 안개꽃보다는 크고 국화보다는 작은 하얀 소국이 정말 예뻐 보였어. 그래서 누구에게 주겠다는 마음 없이 이끌리듯 소국을 한 아름 샀는데, 연구실에 들어서니 네가 앉아 있는 거야. 다가가지 않고 문 앞에서 꽃다발을 든 채 네 팔에 안겨보는 시늉을 해보았더니, 그 꽃은 네 꽃이 되었어. 그래서 다가가 네게 안겼더니 몹시 당황하던 네 표정!

그렇게 너와 함께한 수많은 기억이 떠오른다. 우리는 서로 삶의 목격자이기도 하니까. 네가 끝나버린 '그' 연애에 목 놓아 울 때 내가 네 옆에 있었고, 내가 미련한 미련을 버리지 못해 그 사람이 사는 동네를 얼쩡거렸다고 털어놓을 때 네가 내 앞에 있었어.

자기밖에 모르는 이기적인 사람이라 가족들을 힘들게 한다며 아버지를 흉봤는데, 그런 아버지가 어느 날 덜컥 암에 걸리는 바람에 미워할 수도 없게 됐다고 쓸쓸하게 웃던 네 모습도 떠오르네. 네가 기억하는 나는 또 얼마나 내가 이미 지워버렸거나 내게서 잊힌 나일까?

그런데 미와에 대해 말하다가 너로 흘러와버렸네. 나의 이런 상

황을 알 리 없지만 어쩐지 미와에게 미안한 기분이 든다. 미와는
사려 깊고 좋은 사람이니까 아마도 이해해줄 것 같지만.

고멘나사이, 미와짱!

2016. 10. 15.

공부하며, 산책하며

언니, 포카혼타스라니요!

저의 그런 '흑역사'를 기억하고 있다니 민망합니다. 안타깝게도 저는 언니의 흑역사는 기억나지 않아요. 다만, 언니가 제게 인연의 끈을 건네던 그 시절이 새삼 떠오르네요. 다시 생각해도 놀랍고도 감사한 그 순간들!

저는 열심히 학원에 다니고 있습니다. 수업을 듣기 시작한 지는 이제 일주일이 조금 넘었어요. 매일 아침 9시부터 오후 1시까지 수업을 듣고, 숙소에 돌아와서도 복습하고 과제하느라 하루가 어떻게 지나가는지 모를 지경입니다. 그냥 공부만 해도 힘들 나이인데 내내 영어로 대화하고 관사 넣기, 동사의 명사형 완성하기 같은 문제까지 풀어야 하니 머리에서 쥐가 날 판입니다. 게다가 매주 금요일에는 그룹 발표까지 해야 해요.

나이가 드니 좋은 건 낯가림이 조금 줄었다는 거예요. 옛날 같으면 쭈뼛거리며 눈치만 봤을 일을 아무렇지도 않게 해내고 있습니다. 처음 만난 클래스메이트에게 먼저 말을 건다든지 하는 거 말이에요.

제가 처음으로 먼저 인사를 건넨 친구는 브라질에서 온 리카르도예요. 저처럼 이번 주부터 수업을 듣기 시작했는데, 대학을 졸업하고 취업 준비의 일환으로 어학연수를 왔다고 하네요. 3주 코스라는데, 이쪽에서는, 특히 EU 국가에서는 이렇게 단기로 와서 영어를 배우고 가기도 하는가 봐요. 부러운 일이죠. 우리는 비용 때문에 한 번 어학연수를 왔다 하면 최소 6개월씩은 있다 가는데 말이에요.

우리 반에는 스페인, 브라질, 이탈리아 친구들이 서너 명씩 있고, 한국, 대만 친구가 한 명씩 있어요. 나잇대는 대부분 제가 가르치는 학생 또래고, 30대 후반쯤 되는 친구도 있는 것 같긴 한데, 오가며 보니 학원에 저보다 나이 많은 학생은 없는 것 같아요.

그런데, 서양에서는 나이 같은 걸 안 묻는다고 누가 그랬나요? 자기소개를 할 때 일부러 나이 얘기를 안 했는데, 다들 나이를 물어보더라고요. 숨기고 싶은 비밀은 그렇게 탄로 났고, '나이로부터의 자유'라는 꿈도 날아가고 말았습니다. 당연한 일이겠지만 그렇다고 연장자 우대 같은 건 없어요. 다들 그냥 이름을 불러요. "하이, 쥐용!" 하고요.

아무리 바로잡아줘도 발음하기 힘들어 하는 친구들 때문에 멋진 영어식 이름을 하나 만들까 하는 생각도 했는데, 떠오르는 거라곤 『빨간 머리 앤』의 '앤'이나 『작은 아씨들』의 '조' 같은 이름뿐이더라고요. 우리 식으로 치면 순자나 영희 같은 이름 말이에요. 마땅한 이름이 떠오르지 않고, 그래도 이름인데, 하는 이상한 오기도 살짝 발동해서 그냥 제 이름으로 지내기로 했습니다. 어쨌거나 패트리샤, 카트리나, 로렌조 같은, 영화에서나 나올 법한 이름을 가진 아이들과 반말로 수다를 떨며 공부하는 만학도가 되었다니 감개가 무량할 따름입니다.

제가 속한 반은 중상급 반이에요. 제가 어째서 이 반에 배정받게 된 건지 이해할 수 없는 게 다들 영어를 아주 유창하게 하거든요. 재미있는 건 서양애들은 말은 그렇게 잘하는데 아주 기본적인 문법은 잘 모른다는 거예요. 동사의 과거형이나 조동사의 활용, 철자법 같은 것에 대해 선생님께 자주 질문을 하더라고요. 반면, 우리 한국 학생이나 대만, 일본 학생들은 문법 문제는 기가 막히게 잘 풀어요. 심지어 선생님도 잘 설명하지 못하는 문법적인 질문도 하죠. 그런데 말은 잘 못해요. 아니, 잘 안 하려고 해요. 선생님이 지명해서 의견을 물어보기 전까지는 자발적으로 얘기하는 법이 없어요. 물론 저도 마찬가지인 게, 선생님의 질문이 떨어지면 갑자기 머릿속이 너무 바빠지거든요. 우선 질문에 대한 대답을 생각해야 하고, 그걸 영어 단어로 바꾼 다음, 다시 영어식 어순에 맞게 순서를 바꿔야 하니까요.

말하기야 그러려니 하지만 듣기가 이렇게 안 될 줄은 몰랐어요.

무슨 말인지 못 알아들어서
"pardon?" 하고 되묻는 것도
한두 번이지, 너무 자주 그러
면 상대방이 '내 영어가 그렇
게 형편없단 말이야?' 하고 생
각할까 봐 무슨 말인지 못 알
아들어도 가끔은 알아들은 척
대충 넘어가기도 해요.

> **Memory has always been fundamental for me. In fact, remembering what I had forgotten is the way most of the poems get started.**
>
> *Seamus Heaney*

강의실 칠판 옆에 걸려 있는 문구예요.
잃어버렸던 기억을 떠올리는 것이
시(詩)의 시작이라는 말이 인상적이에요.

　　이유를 생각해보니 억양과
악센트 때문인 것 같아요. 신기하게도 다들 영어를 자기 나라 식
의 악센트와 억양으로 말하더라고요. 그렇게 일본어의 억양으로,
이탈리아어의 억양으로 말하는 영어는 아무리 쉬운 단어로 이루
어져 있어서 알아듣기가 힘들어요. 그래서 아이러니하게도 선생
님 말이 가장 잘 들려요. 우리가 늘 듣던 영어 억양이니까요. 마찬
가지로 상대방이 제 영어를 잘 못 알아듣는 건 제 'r'이나 'l' 발음,
혹은 'th' 발음이 부정확해서라기보다는 악센트가 거의 없이 단조
롭게 흘러가는 한국어 억양 때문이 아닐까 싶어요.

　　어쨌건 더블린은 런던과는 또 다른 멋이 있습니다. 한 나라의
수도인데 지방의 소읍 같은 느낌이에요. 사실, 런던의 공항에서
더블린행 비행기를 기다릴 때부터 느낌이 오더라고요. 탑승을 기
다리는 사람들의 연령대며 차림새가 런던 시내의 분위기와는 많

이 달랐거든요. 아, 내가 지금 시골로 가고 있구나, 하는 생각이 절로 들었죠.

제가 머무는 숙소는 정원 딸린 2~3층짜리 건물들과 그 건물만큼 높이 자란 가로수들이 줄지어 서 있는 동네에 있어요. 제법 잘사는 동네라고 하더군요. 개인 주택들에는 대체로 정원이 딸려 있는데, 우리나라와 마찬가지로 정원이 집의 앞쪽에 있어요.

런던에서는 정원이 다 집 뒤쪽에 있었어요. 그게 신기해서 제인에게 물어보았더니, 영국에서 정원은 자기만을 위한 공간이기 때문이래요. 아니나 다를까, 일요일이 되니 제인은 잔디 깎는 기계로 손수 잔디를 다듬고 갈퀴로 긁어모으며 정원을 가꾸더라고요. 정원 귀퉁이의 조그만 창고와 나무로 된 테이블도 제인이 직접 만들었다고 하니, 과연 영국 사람들에게 정원 가꾸기란 생계를 위한 노동을 멈추고 자신의 삶을 즐기는 방법이라는 게 이해됐어요. 그에 비하면 우리나라나 아일랜드는 정원을 남에게 보여주기 위한 공간으로 생각하는 게 아닌가 싶기도 해요.

더블린은 시내라고 해도 서울이나 부산 같은 대도시와는 여러 모로 달라요. 제일 번화한 곳에서도 전면이 유리로 된 건물이나 고개를 들어 올려다봐야 하는 고층 건물은 찾아보기 어렵고, 도로를 따라 가지런히 정렬된 건물들은 대부분 빨간 벽돌이나 회색 석회암으로 외벽을 두른 4~5층 높이예요. 건물과 건물 사이에 공간이 없이 서로 붙어 있는 것도 특이해요. 차들이 우리나라와 반대

이 벤치에는 〈우리 엄마를 사랑으로 추억하며/Ethal Jones(Granny Willa), 1929~2002, "이것은 일종의 마법"〉이라고 쓰여 있네요.

방향으로 운행한다는 것, 그렇기 때문에 횡단보도를 건널 때는 오른쪽부터 살펴봐야 한다는 것, 그리고 인심 좋게도 거리 곳곳에 큼 직한 휴지통이 놓여 있다는 것도 우리 도시와는 다른 모습이죠.

아, 그리고 정말 멋진 게 있어요. 숙소에서 학원 가는 길에 운하가 있는데 우리나라 하천들처럼 인공적으로 시멘트를 발라놓거나 데크 같은 걸 설치해놓은 게 아니라 수로를 따라 양쪽으로 흙길이나 있어 풀이며 나무가 자라는 물길이에요. 구글 지도에 수로라고 나와 있어 수로인 걸 알았지 그렇지 않았으면 작은 강인 줄 알았을 거예요.

아침 출근 시간에는 이 길이 붐비다 싶을 정도로 많은 사람이 지나다녀요. 수로 바로 옆의 흙길에는 운동화에 정장 차림으로 출근하는 사람들이, 그보다 한 단 높은 도로에는 자전거를 탄 사람들이 출근길을 재촉해요. 아침마다 이런 길로 출근할 수 있다면 출근할 맛이 나겠다고 생각하다가, 그래도 출근은 출근이니까, 하며 혼자 웃죠.

2~3킬로미터쯤 되는 수로를 따라 이어지는 산책로에는 벤치가 군데군데 놓여 있는데 재미있게도 벤치마다 이름이 새겨져 있어요. 이 세상을 떠난 누군가를 기리기 위해 그를 사랑하는 사람들이 기증한 거 같아요. 멋지지 않나요? 아무짝에도 쓸모없는 동상이나 비석을 세워 자신을 과시하는 게 아니라 다른 사람들에게 도움이 되는 방식으로 세상에 자신의 흔적을 남긴다는 것이요. 저도 학원을 오고 가며 자주 그 벤치에 앉아 하늘이며 물빛을 바라보니,

머나먼 동쪽 나라에서 온 이방인까지 그 덕을 보는 셈입니다.

참, 학원 바로 앞에 있는 공원도 멋져요. 메리언 공원이라는 이름의 이 공원이 이렇게 가까이 있다는 게 제가 이 학원을 선택한 결정적인 이유인데, 직접 와서 보고는 저의 탁월한 선택에 어깨를 으쓱했답니다. 공원의 한쪽에는 오래된 나무들이 울창한 숲을 이루고 다른 한쪽에는 초록의 잔디밭이 넓게 펼쳐져 있는 데다가 역시 곳곳에 벤치가 있는 게 영화에서 본 바로 그런 공원이더라고요. 아직은 친구들이랑 안면을 트느라 그냥 지나다니기만 하지만, 조금 더 익숙해지면 자주 들러 벤치에 앉아 시간을 보낼 생각이에요.

더블린은 오후 5시만 되면 거리가 조용해져요. 하지만 이제는 알죠. 그 어둠 뒤 펍에서는 열기가 들끓고 있다는 걸요. 그리고 쉴 새 없이 불어오는 바람. 이런 것들 때문에 저는 그다지 적적한 줄 모르고 지내고 있어요. 언니는 조금씩 길어지는 그곳의 밤을 무엇으로 밝히며 지내는지…….

2016. 10. 25.

따뜻한 햇볕에
등을 데우고 싶은 오후에

지영아, 너는 거기서도 공부하고 있구나!

그래, 당신은 그런 사람. 혼자 있는 외로움과 슬픔을 힘겨워하면서도 금세 또 책가방을 끌러 책부터 펼치고야 마는. 하지만 또 열심히 하겠지. 은근한 승부욕으로 스스로를 몰아붙이는 것도 너니까. 때로는 향수병이 외로움을 부추이겠지만 그럼에도 새로 만난 학원 친구들과 아일랜드만의 서늘한 정서가 너를 붙잡아줄 것도 같네.

아직까지도 내가 아는 아일랜드는 독립투쟁으로 힘겨웠던 외로운 저항군들의 나라. 음악가지만 차라리 시인인 U2의 고향이고, 푸르고 너른 들판에서 불어오는 바람을 연상시키는 켄 로치 감독의 영화 〈보리밭에 부는 바람〉의 배경이어서 언젠가 꼭 한 번 가보고 싶은 곳이지.

네 편지를 받고 냉큼 휴대폰 앱을 열어 날씨 화면에 더블린을

추가했어. 네가 있는 그곳의 오늘 기온은 10도고, 오전엔 비가 좀 내리더니 오후에 개이더라.

스톡홀름은 10월 내내 얄미울 정도로 해가 들지 않는다. 이 사진 속 풍경이 몇 시쯤 돼 보이니? 정오란다. 그러니까 날이 밝고 12시. 물론 매일 이런 초저녁 같은 정오는 아니지만 종일 어둡기만 한 하늘을 한참 보고 있노라면 사람의 몸이 기후에 얼마나 취약한지 절감하게 돼. 우리나라 사계절에 대한 호사가들의 찬사가 과장이 아니었다는 걸 뒤늦게 깨닫기도 하고.

네가 재미나게 읽었다는 배수아의 『처음 보는 유목민 여인』의 마지막 장을 방금 덮었어. 결국 알타이가 책의 주인공이더군. 작가는 학교 때 배운 지명으로 익숙한 '우랄 알타이 산맥'에 세 번 다녀오고 나서야 이제는 절대로 가지 않겠다고 마음먹었다지.

이걸로 충분하다, 더는 됐다는 마음을 먹으려면 뭐든 세 번은 해봐야 하는 걸까? 하지만 우리에겐 삼십 번을 해도 번번이 걸려 넘어지고야 마는 어떤 일들도 있지 않니? 넘어지고 나서 '아, 바보같이 나 또 넘어졌네' 하며 누가 볼까 봐 창피해서 일어나지 못하다가 '이토록 바보 같은 나는 도대체 누구일까' 하는 자괴감에 아예 한동안 엎어진 채로 있으면서 말이야.

며칠 전에 영화 〈위대한 개츠비〉와 〈러스트 앤 본〉을 내리 보고는 방문을 걸어 잠근 채 실컷 울었어. 좋아하는 사람이 생기면 정신을 못 차리고, 사랑하는 마음이 지나쳐 때론 신열(身熱)을 앓기도 했던 옛날의 내가 떠올라서.

상대가 관계의 '쉼'과 '여백'을 말할 땐 곧장 '틈'과 '단절'로 받아들여 한없이 서운함을 느끼는 나. 결코 원치 않았던 혼자만의 시간이 주어지면 괴롭지만 하릴없이 자신을 대면해야 하는데, 상대가 아니면 아무것도 아니라고 느끼는 나. 그런 나는 도대체 누구일까? 나는 이런 답도 없는 구멍에 자주 빠지는데, 위대한 개츠비도 다르지 않더라.

개츠비와 데이지는 사랑했지만 헤어졌고 데이지는 다른 사람과 결혼하지. 그녀를 잊지 못하는 개츠비는 오로지 그녀에게 다가가기 위해 그녀의 집 가까이에 거대한 저택을 짓고 밤마다 호화로운 파티를 열어. 이야기 속 화자 닉이 그런 개츠비를 '희망을 감지하는 탁월한 능력'의 소유자라고 평할 정도로 개츠비는 데이지가 여전히 자신만을 사랑하고 있다는 환상에 의심을 품어본 적이 없어. 개츠비가 데이지로부터 듣고 싶었던 단 문장은 "단 한 순간도 남편을 사랑한 적이 없어요." 하지만 개츠비는 끝내 바라던 대답을 듣지 못하고, 뜻밖의 남자에게 허무하게 살해되고 말지.

〈위대한 개츠비〉가 1920년대 아메리칸 드림의 명암과 메마른 도시인의 풍속을 잘 그려냈다면, 세상 끝에 선 한 여자와 남자를 담아낸 〈러스트 앤 본〉은 유럽의 오늘을 보여준다고 해도 좋을 거야.

돌고래 조련사인 스테파니는 그토록 사랑하던 고래에게 두 다리를 잃고 나서야 자신이 그제까지 몸의 사람이었음을 깨달아. 아름답고 건강한 자신의 몸은 남자를 유혹할 수 있는 수단이었고, 고래와 교감하는 통로였고, 삶에 향기를 불어넣는 근원이었던 거지.

세상 끝에 서 있다고 느끼던 그때, 그녀는 어린아이의 내면을 간직한 한 남자를 만나는데, 그는 혼자서 아이를 키우며 눈앞에 닥친 일을 해결해나가기 급급한 하루살이 인생을 살고 있어. 그는 천성에 가까운 단순함으로 사고로 인해 갑자기 인생이 복잡해진 여자를 어떤 편견도 없이 들어 올리고, 업고, 뛴다. 그리고 그녀와 사랑을 나누지.

사고 이전 그녀에게서 언뜻언뜻 보이던 허무와 권태는 장애인이 되고 난 뒤 '왜 하필 내게 이런 일이 일어났는가'라는 분노와 장애인이라는 동정의 대상이 되었다는 치욕으로 전환돼. 그 분노와 치욕이 그녀를 영원히 구멍 안에 가둘 수도 있었지만 그녀는 그를 만나면서 인생이 뜻대로 안 되기도 하거니와 받아들일 도리밖에 없다는 것을 수긍하며 인생의 제2막을 연다.

개츠비의 구멍은 사랑은 변할 수 없고 영원히 사랑받고 싶다는 채워질 수 없는 욕망이었고, 스테파니의 구멍은 몸의 장애에서 끝내 벗어날 수 없으리라는 절망이었어. 욕망을 충족시키고 싶은 열망은 끝이 없고, 절망에서 헤어나올 의지는 극히 미약하다는 면에서 우리는 모두 일정 부분 개츠비와 스테파니가 아닐까? 그렇다면 어떻게 해야 할까? 호기롭게 질문을 던져보지만 나는 아직 모르겠어.

이 나이 먹도록, 아직도 내게는 가장 약한 고리인 한 사람, 엄마에게서 벗어나지 못할 때가 있어. 40년도 전에 돌아가신 엄마가 지금도 문득문득 내 일상에 출몰하고, 그럴 때면 어떤 그리움에 정신이 아득해져. 이런 영화들에 맥을 못 추는 것도 아기 때 채워지지 않았던 어떤 결핍 때문이 아닐까 의심해보지만, 여전히 아기 때 운운하며 현실을 살지 못하는 내가 또 한심하고 초라하게 느껴지지.

이런 마음을 나무라고 다독이며 바람이나 쐴까 하고 마트에 장을 보러 나섰더니, 아기용 식기며 기저귀가 진열된 유아용품 코너에 떡 하니 공갈 젖꼭지가 놓여 있다. 이 공갈 젖꼭지를 수식하는 문구는 '맘 오리지널(Mom Original)'. 세상에 맘 오리지널이라니.

어떤 맛이 날까, 당장 사서 입에 물어보고
싶었어. 골초(그들 식의 표현으로는 '애연가')들에
겐 담배야말로 공갈 젖꼭지잖아. 수시로 그
걸 물고 빨아대지 않으면 불안을 이기지 못
하니까. 아이든 어른이든 자신만의 공갈 젖
꼭지 하나쯤은 있어야 하는 걸까? 강을 건
너고 나면 뗏목을 버리듯, 몸에서 놓지 못했던 그것들을 어느 순간
엔 떠나보내야 하는 걸까? 나는 여전히 생각의 갈피를 잡지 못하
고 있지만 그래도 조금 달라진 게 있다면, 공갈젖꼭지든 언제까지
고 버리지 못하는 낡은 곰 인형이든 이제 그걸 구멍의 증거로 보지
않기로 했다는 거야.

구멍을 메워야 할 틈으로만 본다면 평생 부질없는 삽질을 해야
하겠지. 모두 메웠다 싶어 돌아보면 다시 드러난 틈에 절망할지도
모르고. 만약 뚫린 그곳에 빛을 들일 수 있다면, 삽은 그만 내려놓
고 거기 쪼그리고 앉아 쏟아지는 빛에 등을 데우고 싶어. 그러면
마음까지 훈훈해질 것 같은데 말이야.

2016. 10. 26

FROM.
DUBLIN

모허 들판의 바람 소리가
들리는 듯한 밤에

언니!

언니의 편지에 가득 스민 북구의 우울을
어쩌면 좋을까요. 가까이에 있다면 언니를 힘껏 안아줄 수 있을
텐데요……

저는 대체로 잘 지내고 있어요. 숙제가 많긴 하지만 밤이 되어
도 할 일이 있으니 나쁘지 않아요.

그런데 너무 어두워요. 정말이지 영어 공부도 더 열심히 하고,
책도 더 많이 읽고, 글도 부지런히 쓰고 싶은데, 어두워서 집에서
는 도대체 아무것도 할 수가 없어요. 네? 조명이 문제가 아니라 노
안이 문제 아니냐고요?

스웨덴도 그렇겠지만 이곳은 집 안 곳곳에 조명이 많아요. 천장
에 달린 등은 물론이고 여기저기에 스탠드가 놓여 있어서 노랗고
따뜻한 불빛이 분위기를 더할 나위 없이 아늑하게 만들어주죠. 하

지만 우아하게 포도주잔을 들고 밀어를 속삭이기에나 좋지, 일을 하기엔 영 아니에요. 더욱이 11월 1일부터 서머타임이 해제돼 오후 4시만 되도 컴컴해지는 통에 아무리 불을 밝혀도 가시지 않는 어둠이 무엇인지 실감하는 중이랍니다. 물론 언니가 있는 그곳과는 비교할 바가 아니겠지만요.

집 안에서 유일하게 밝은 곳이 부엌이에요. 심지어 조리대 위에는 형광등까지 있어서 거기에서 공부를 할까 하는 생각도 했다니까요. 도대체 아무것도 할 수가 없잖아, 하며 투덜거리다가 깨달았어요. 복잡하게 생각할 거 없이 집에서는 아무것도 하지 말라는 뜻이라는 걸요.

생각해보니 런던 친구네도 그랬던 것 같아요. 이곳 사람들에게 집이란 쉬는 곳이어서 집에서 해도 되는, 아니 꼭 해야 하는 일이

있다면 그건 음식을 만들고 그 음식을 가족과 나눠 먹는 일밖에 없는 거죠. 형광등도 모자라 LED 등으로 불을 밝힌 채, 각자의 방에 들어 앉아 TV를 보거나 스마트폰을 하는 우리나라의 저녁 풍경과 참 대조적이지 않나요?

교통도 마찬가지예요. 얼마 전에 아일랜드 서해안 쪽의 모허 절벽에 다녀왔는데, 토요일 아침 7시

까지 집결지에 가야 했어요. 그런데 그 시간에는 시내버스가 안 다녀서 버스로 30분이면 갈 거리를 새벽 5시 반부터 1시간 반이나 걸려 걸어갔다는 거 아니겠어요. 덕분에 새벽 더블린의 민낯을 볼 수 있었지만 효율성과 편리에 길들여진 저로서는 여간 낯선 게 아니었어요. 아마도 이곳 사람들은 토요일 새벽부터 다닐 일이 도대체 뭐가 있겠어, 하는 생각으로 버스 시간을 정했겠죠?

각설하고, 모허 절벽은 정말 굉장했어요. 나무 하나 없는 초록의 들판이 바람을 맞으며 미친 듯이 바다를 향해 달려가다가 갑자기 대서양을 만나 뚝 떨어지는데, 그렇게 생겨난 절벽은 너무나도 단호하고 엄중한 자세로 등을 돌린 채 바다만 바라보고 있었어요. 만약 애인이 그런 식으로 제게서 등을 돌리고 서 있다면 정말이지 한 마디도 못 붙일 것 같은 단호함이었죠.

어떻게 하면 이 세상에서 조용히 사라질 수 있을까, 하고 생각하던 때가 있어요. 사는 게 재미없고 살 이유도 딱히 찾기 어려웠던 그때, 사라지는 방법을 궁리하는 일로 무의미와 공허를 달래곤 했죠. 모허 절벽은 그때 기꺼이 마지막을 맞이해도 좋을 만한 곳으로 막연히 상상하던 곳들 가운데 하나를 닮았어요. 그래서일까요? 혹시라도 이런 바람을 맞으며 이 막막한 들판을 가로질러 와서 이 절벽 위에 선 사람이 있다면 그는 과연 무슨 생각을 할까, 하는 궁금증이 일었던 건요.

영원히 채워질 수 없는 욕망에 고통스러워하면서도 그 욕망을

끊을 의지도 미약하다는 면에서 우리는 모두 일정 부분 개츠비와 스테파니를 닮았을지도 모르겠다고 언니가 말했죠. 끝없이 이어지는 들판과 그 끝의 모허 절벽을 바라보며 제가 떠올린 것도 언니가 말한 '구멍' 비슷한 것이 아니었나 싶어요.

〈러스트 앤 본〉은 안 봐서 모르겠지만, 개츠비는 너무나 이해돼요. 저는 개츠비가 이미 모든 걸 알고 있지 않았을까 생각해요. 데이지가 결코 자신에게 돌아오지 않으리라는 것을, 자기의 꿈이 그야말로 환상에 지나지 않는다는 것을요. 그러면서도 데이지를 기다리는 데 자기의 전부를 쏟아 붓기로 한 이유는, 개츠비에게는 그게 덜 고통스러운 일이었기 때문이 아닐까요? 데이지가 자기에게 결코 돌아오지 않으리라는 사실을 인정한다면, 살아야 할 이유가 없어지는 것과 마찬가지였을 테니까요. 하지만 그런 달콤한 기만은 언제나 자기 파멸로 끝난다는 사실도 알고 있었을까요? 그건 잘 모르겠어요.

똑똑한 사람이라면 절대로 그런 헛된 꿈을 꾸지 않고 아무리 고통스럽더라도 현실을 직시하고 감당하겠죠? 하지만 꼭 그런 것 같지도 않아요. 문득 한때 즐겨보던 미국 드라마 〈하우스〉가 생각나네요. 그 누구도 텅 빈 구멍으로부터 자유로울 수 없다는 걸 말해주는 그 영화는 의사 하우스의 활약을 중심으로 이야기가 흘러가요.

여느 메디컬 드라마가 그렇듯 하우스는 천재적인 능력으로 의학적 난제들을 모두 풀어내죠. 하지만 독특한 점이 있어요. 하우스가 괴팍하기 그지없는 데다가 약물중독자라는 것, 그리고 사람들은 모두 거짓말을 하기 때문에 문진(問診)을 할 필요가 없다고 생각한다는 것이에요. 그는 오직 의학적 증거만을 믿어요.

당연히 그는 사랑이니, 우정이니, 자기희생이니, 하는 것들은 믿지 않아요. 이런 휴머니즘적인 가치들은 인간이 자신의 이기적인 욕망을 그럴듯하게 포장하는 허울 좋은 명분일 뿐이며 사람들은 이를 위해 자기 생명에 치명적일 수 있는 거짓말도 불사할 정도로 어리석다는 거죠. 엄마를 실망시키지 않기 위해 동성애자라는 사실을 숨긴다든지, 자존심 때문에 병력을 속인다든지 하는 식으로 말이에요. 그런 점에서 하우스는 개츠비와 정확하게 반대편에 있는 사람이 아닐까 싶어요. 개츠비가 무모할 정도로 낭만주의자라면 하우스는 지독하게 냉철한 현실주의자인 거죠.

이 드라마의 백미는 지독한 현실주의는 곧 지독한 허무주의의 이면이라는 걸 보여주는 데 있는 것 같아요. 하우스의 약물중독이 이를 말해주죠. 하우스는 신체적 통증을 경감시키기 위해 약을 먹는다지만, 진짜 이유는 허무를 견디기 위한 것이었다는 게 제 생각이에요. 현실을 너무 똑바로 직시한 결과 목도하고만 구멍의 내부를 견딜 수 없어서, 자칫하다 그 구멍으로 존재를 송두리째 던져버릴 것 같아 약물로 최면을 건 채 이를 악물고 견디는 거죠.

그러고 보면 하우스도 개츠비와 그다지 다른 사람이 아닌 것 같아요. 개츠비의 현실주의 버전이 하우스인지도 모르겠어요. 결국 누구도 텅 빈 구멍을 감당할 수는 없는 거죠. 아예 안 보는 게 최선이지만, 그 구멍의 존재를 외면할 수만도 없죠. 거기에서 새어나오는 지독한 냉기, 우리를 빨아 당기는 그 강력한 힘을 무시하기란 쉽지 않으니까요.

그래서 우리에게는 각자의 공갈 젖꼭지가 필요한 거고요. 언니 말대로 무언가 상실했다는 증표이기도 하지만, 우리를 그 구멍으로 빨려 들어가지 않도록 비끄러 매주는 일종의 닻이기도 한 공갈 젖꼭지 말이에요. 골초들의 담배나 라이너스의 낡은 담요, 그 외에도 술, 도박, 초콜릿, 카페인, 섹스, 쇼핑 등등.

밤이 깊으니 모허의 들판에서 불어오던 바람 소리가 들리는 것 같아요. 저를 절벽 쪽으로 마구 밀어붙이는가 싶더니 이내 들판으로 풀어놓게 했던 그 바람 말이에요. 그 바람을 맞으며 미친 여자처럼 들판을 헤매도 좋겠다는 생각을 했어요. 그러다 그대로 바람이 되면 더 좋겠다는 생각도 했고요. 그리고 지금, 참을 수 없이 연약한 불빛을 타고 흘러내리는 U2의 목소리에서도 들판을 스치는 바람 소리가 들립니다. 어째서 아일랜드 출신 가수들의 목소리는 이토록 공허하면서도 자유로운 느낌을 주는지 조금 알 것도 같습니다.

2016. 11. 8.

공간에 깃든 사려 깊음에 대해

지영아!

유럽 집들의 조도가 낮은 이유는 집에서는 일하지 말고 쉬라는 의미가 아닐까 하는 네 말에 깊이 공감해. 나도 비슷한 경험이 있어. 벌써 20년도 전이야. 처음 유럽으로 혼자 배낭여행을 떠났을 때 멋스러운 유럽의 건축양식과 풍광에 온통 마음을 빼앗겼지만, 다시 일상으로 돌아오고 난 뒤 내내 기억에 남았던 건 실내든 밖이든 은은하게 비추던 유럽의 조명이었어.

인간이 맨 처음 어디에서 왔을까를 상상해보게 만드는 따뜻하고도 옅은 그 불빛은, 마치 캄캄한 동굴 틈새로 가늘게 떨어지던 자연광 같은 편안함과 안정감을 주었어. 그 느낌을 잊지 못해 한국에 돌아와서도 한동안 청계천이며 을지로 조명가게를 기웃거리던 기억도 새로워.

그 후로 집 안 실내등을 바꾸고 싶었지만 어둡고 불편한데 무슨

짓이냐며, 가족들이 성화인 통에 내 책상 위에만 조도 낮은 스탠드를 올려두고 책을 읽곤 했지. 행복지수가 높긴 했지만 고백하자면 눈이 편안하진 않았어. 어떨 땐 두 눈이 흐릿해지며 글자가 제대로 보이지 않았으니까. 그런데도 스위치만 누르면 은은한 노란 불빛에 곧장 마음까지 따뜻해지니 눈이야 나빠지든 말든, 에라 모르겠다 싶어서 오래도록 애용했지.

스웨덴 사람들의 집을 방문해보면 어느 집에서든 만날 수 있고 친근하게 느껴지는 두 가지가 있어. 하나는 조명이고, 다른 하나는 가구, 그중에서도 의자야. 스웨덴에서는 백야인 여름밤에는 빛을 차단하고, 낮에도 어둡기만 한 겨울에는 집 안 곳곳에 빛을 끌어들이려고 갖가지 조명을 매달거나 세워둬. 또 촛불 켜기도 좋아해서 중세시대가 배경인 영화에서나 볼 법한 촛대를 쓰는 집이 아직 많고, 집에 들어오면 거의 습관적으로 성냥을 그어 형형색색의 초에 불을 붙여.

그래서 아파트 외관은 밋밋한데도 어두워진 뒤 창밖으로 따뜻한 빛이 새나오면 금세 근사하고 모던한 건물로 변하지. 노랗고 푸른 색감 사이로 보이는 사람들이 조금은 고독해 보이는 게, 마치 미국의 화가 에드워드 호퍼의 작품 같아. 그 매력에 사로잡혀 길을 걷다가도 사랑하는 사람이 저기 어디쯤 살고 있기라도 한 것처럼 한참을 올려다보곤 해.

또 다른 하나는 의자. 의자라는 게 어쩌면 이다지도 소박하고 단순하면서도 멋스러운지 볼 때마다 감탄하게 되는데, 며칠 전 스칸디나비아 문화를 한눈에 들여다볼 수 있는 노르딕 박물관에 갔다가 '스웨덴 사람들을 이해하는 가장 좋은 방법'이라는 전시를 보고 어렴풋하게나마 의자의 본질을 이해할 수 있었어. 그러니까 북유럽인들에게 의자는 단순히 앉는 가구가 아니었던 거야.

마침 박물관 4층에서는 '홈 앤 인테리어스(Hem och bostad)'라는 전시가 열리고 있었어. 장롱, 식탁, 화장대, 책꽂이, 소파 등등의 가구 전반을 한눈에 볼 수 있었지만 전시를 알리는 포스터에는 달랑 의자 하나만 있었어. 자세히 보면 1770년에 다리 하단이 만들어졌고, 다리의 중단은 1910년의 나무를 덧대었어. 의자 좌판은 1760년대 것인데, 등받이는 1830년대와 2000년의 재질과 양식이 섞여 있어. 이 조합을 건축학적으로 멋지게 설명하고 싶지만 잘 알지도 못할뿐더러 전시 기획자는 관람객이 그런 걸 공부하길 원치 않았을 거란 생각도 들어.

그보다는, 몇백 년에 걸쳐 한 집안에 축적된 시간의 밀도와 얼굴 한 번 본 적 없지만 이 가구를 쓰다간 선대의 모습을 상상해보길 바라지 않았을까?

디자인은 정말 심심할 정도로 단순한데, 검박한 그들의 실제 생활 문화를 반영하고 있는 것 같아. 그들이 특별히 의자 만들기에 공을 들이는 이유를 한 스웨덴 친구는 이렇게 설명했어.

의자는 가구임에 분명하지만 사람이 의자에 앉게 되면 한 존재를 지탱하고 한 인간의 삶 전체를 받아 안는다는 면에서 의자 이상의 의미가 담겨 있다고.

그런 멋진 설명을 듣고 보니 거리에서 마주치는 의자도 달리 보이더라. 심플하긴 마찬가지지만 기능과 실용성도 세심하게 고려한 흔적이 엿보여. 의자가 배치된 모양새를 자세히 보면 대개는 풍경에 면해 있다는 공통점을 발견할 수 있는데, 아마도 누구라도 앉아 쉬는 동안 잠시 모든 걸 잊고 아름다운 풍광을 즐기라는 설계자의 배려가 아닐까 싶어. 공간에 깃든 사려 깊음은 유럽의 한 특성이라고 말해도 좋을 거 같아.

20년 전, 영국을 여행했을 때가 떠오르네. 런던의 기념품 상점에 들른 적이 있는데 건물이 허름하긴 해도 기품이 있었어. 그런데 무슨 이유에선지 건물 한 면이 파손되어서 곧 무너지게 생겼더라고. 나는 그 건물이 곧 철거될 거라고 생각했지. 그런데 10년쯤 지나 영국을 다시 방문했을 때 우연인지 필연인지 그 거리를 다시 걷게 되었는데, 10년 전에 기념품을 팔던 바로 그 아저씨가 조금 더 머리가 희끗해진 채로 여전히 기념품을 팔고 있었어. 하지만 더 놀랐던 건 허물어지기 직전이던 기념품 가게가 포스터의 의자만큼이나 예쁘게 증축돼 있었던 거야.

이런 유럽의 건축물들을 보면 옛것과 새것을 조화롭게 융합하는 문화는 서구의 양식인 것만 같아. 몇 개월이 멀다하고 지었다

부수었다 하는 우리나라 상업지구 건물들을 떠올리면 학창시절에 배운 온고이지신(溫故而知新)의 흔적은 찾기가 쉽지 않잖아.

영국의 기념품 가게는 여전히 '거기 있음'으로 해서 여행자의 오래전 추억을 보존해주었어. 어떤 건물이 여행자에게 언제라도 가면 그 자리에 있을 것 같고, 실제로 있다는 안정감을 안겨준다면 그때부터 그 건물은 단순한 건물이 아니라, 그 사회가 지속 가능한 발전에 대해 깊게 고민하고 있다는 징표가 아닐까?

2016. 11. 10.

문화가 삶의 일부가 된다면

언니!

어쩌면 우리는 비슷한 생각을 하고 있는 지도 모르겠어요. 어렸을 때 친구 집에 가면 '왜 우리 집은 이러지 못할까, 왜 나는 이런 집에서 태어나지 못했을까' 하는 생각을 하곤 하잖아요. 우리의 이국 생활이 그런 감정을 다시 불러일으키고 있는 것 같아요. 저는 학원 생활에 익숙해지고 나서 요즘 여기저기 다니다 보니 그런 생각을 더 많이 하게 되네요.

요즘엔 더블린 국립미술관에 빠져 있어요. 학원에서 10분 거리에 있는 이 미술관은 제가 가장 자주 가는 곳 중에 하나예요. 영국 국립미술관에 비하면 규모도 작고 소장품도 많지 않지만 처음 들어본 아일랜드 출신 화가들의 작품을 볼 수 있어서 좋아요. 베르메르나 모네, 고흐의 초기 작품 몇 점도 볼 수 있고요.

무엇보다 좋은 건 미술관에 대한 로망을 실현하고 있다는 거예요. 로망이라고 해서 대단한 건 아니고, 런던에 머무는 일주일 내내 미술관을 다니며 갖게 된 소박한 바람 정도? 내셔널 갤러리나 테이트 모던 갤러리, 코톨트 아트센터과 빅토리아&앨버트 박물관이 제가 그 일주일 동안 다닌 미술관들인데, 그때 가장 부러웠던 건 무료 출입증을 목에 걸고 한가로이 전시실을 둘러보는 런던너들이었어요. 런던에 살면 그들처럼 시간 날 때마다 미술관에 들를 수도 있고 좋아하는 작품을 몇 번씩이고 보러올 수 있겠다 싶었거든요. 그걸 여기 더블린에서 하고 있는 거죠. 학원 끝나고 집에 가는 길에는 거의 매일 미술관에 들러 시간을 보내고 있어요.

더블린 미술관은 런던의 미술관들처럼 관광객도 많지 않아요. 관람객은 대부분 노인 아니면 학생들인데, 미술관 카페테리아에 앉아 차를 마시며 열띤 토론을 하는 할머니들과 미술관 바닥에 앉아 도슨트의 설명을 진지하게 받아 적는 학생들의 모습이 어찌나 좋아 보이는지요.

이번 주는 더블린 북 페스티벌 행사에 다니고 있어요. 오늘 오후에는 '문학과 함께 더블린 산책하기' 프로그램에 다녀왔고, 내일은 만다라 그리기 워크숍에 참가하려고 해요.

'문학과 함께 더블린 산책하기'는 아일랜드 작가들의 작품에 등장하는 더블린의 이곳저곳을 답사하는 프로그램인데, 가이드의 설명도 재미있고 혼자서라면 알지 못했을 곳을 찾아다니는 경험도 새로웠어요. 참가자들은 대부분 중장년의 더블리너였고 이방인은 저 혼자였지만, 자기네 나라의 문화에 관심을 갖는 게 신기하

고 고마운지 다들 제게 따뜻이 말을 걸어주더군요.

지난주 일요일에는 두 가지 문화 행사에 참석했어요. 낮에는 '율리시스 산책', 저녁에는 비틀즈 트리뷰트 밴드 공연. 둘 다 흥미롭더군요. '율리시스 산책'은 정식 극장이 아니라 역사가 100년이나 되는 펍의 지하에서 하는데, 더블린에 온 이튿날 하우스메이트를 따라갔을 때 스탠딩 코미디를 하던 곳이더라고요. 그러니까 더블린에서는 펍이 단순히 술만 마시는 곳이 아니라 문화 공연을 즐기는 공간이기도 한 거죠.

아마추어 코미디언을 보기 위해 일요일 늦은 밤인데도 불구하고 사람들이 발 디딜 틈도 없이 모여 저마다 맥주를 손에 들고 왁자지껄 박장대소하던 분위기와는 달리 '율리시스 산책'은 오붓하게 진행됐어요. 아무런 무대 배경도, 특수 장치도 없이 배우 한 사람이 더블린의 위대한 작가 제임스 조이스의 『율리시스』를 낭독하고 해설하는, 소박하기 그지없는 1인 공연이었죠. 관객도 고작 열댓 명 정도밖에 안 됐지만 기네스나 아이리쉬 커피를 홀짝이며 다들 진지하게 감상하더군요.

흥미로운 건 이런 프로그램들을 어떤 기관이나 협회 같은 데서 주관하는 게 아니라 개인이 진행한다는 거예요. '문학과 함께 더블린 산책하기'를 주관한 사람은 자신을 역사학자이자 작가라고 소개했고, '율리시스 산책'의 공연자는 연극배우인데 제임스 조이스를 너무 좋아해서 몇 년째 자신이 스스로 기획해서 이 공연을 하고 있대요. 놀랍지 않나요? 우리 돈으로 1만 원~1만 5천 원 정도의

참가비를 받고 고작 열대여섯 명의 참가자들을 데리고 주말에만 한두 번씩 진행하는 프로그램들이니 돈을 벌자고 이런 일을 하는 것은 아니겠죠. 좋아하는 일을 꾸준히 파고들다가 일가를 이루게 되고, 아마추어든 프로든 상관없이 자신이 좋아하는 것을 다른 사람과 공유하는 것, 문화란 바로 이런 게 아닐까요?

트리니티대학 영문학부에서 개최한 문학 강좌도 마찬가지예요. 매주 화요일 저녁마다 셰익스피어에서부터 제인 오스틴, 에밀리 프론테, 실비아 플라스 같은 영문학의 거장들에 관해 시민을 대상으로 개최하는 강좌인데, 저는 영어 듣기 연습도 할 겸, 외국 대학에서는 문학을 어떻게 가르치고 연구하는가도 엿볼까 해서 신청했었어요. 그런데 가서 보니 500석 넘는 대형 강의실에서 하더라고요. 한편으로는 놀라며 다른 한편으로는 의아한 생각이 들었죠. 5시만 되도 집으로 돌아가 하루 일과를 마무리하는 더블리너들이, 해마저 일찍 지는 겨울 저녁 7시에 이렇게나 많이 강좌를 듣는단 말이야? 그런데 놀랍게도 그 좌석이 꽉 차더라고요.

이 강좌만 그런 게 아니에요. 곳곳에서 크고 작은 규모의 문화 행사들이 열리고 거기에는 언제나 사람들이 가득 차요. 젊은이들만이 아니라 노인은 노인대로, 40~50대의 중장년들은 또 그들대로 각자의 연령에 맞는 장소에서 자기 세대의 문화를 향유해요.

비틀즈 트리뷰트 밴드 공연의 주된 관객은 30대 이상이었고, 20대는 거의 없었죠. 하지만, 그 열기만큼은 홍대 인디밴드 공연에 뒤지지 않았을 거예요. 중장년의 남녀들이 맥주잔을 손에 들고 클럽을 가득 채운 채 비틀즈의 '레볼루션(revolution)' 앨범에 수록된 노래들을 목청껏 부르는데, 저 역시 후렴구나마 열심히 따라 불렀다는 거 아니겠어요? 세상에 비틀즈 노래를 '떼창'으로 부르다니, 하면서요.

문화가 생활의 일부가 된 이들의 삶이 부러워요. 문화라는 상품을 단순히 소비만 하는 게 아니라 누구라도 자기만의 작품을 만드는 창조자일 수 있다는 게, 그것을 함께 나누고 즐길 수 있다는 게, 그렇게 자기의 삶을 풍요롭게 만들 여유가 있다는 게요.

그들이 부러운 만큼 우리의 삶은 한심하고 애처로워 보여요. 취미라고는 텔레비전을 보거나 스마트폰을 보거나 찜질방에 가는 게 전부이고, 친교라고는 삼겹살에 소주 마시는 거 아니면 맛집 찾아다니기……. 무슨 무슨 '방' 없이는 노는 방법도 모르고, 문화생활이라곤 영화 관람이 전부인 우리의 삶은 어쩜 그렇게 건조하고 표피적일까요?

다른 사람 얘기가 아니에요. 한국에 있을 때는 안 하던 일들을 하며 대단한 문화인이라도 되는 양 뿌듯해 하는 제 얘기예요. 서울에 비하면 척박하긴 하지만 부산이라고 왜 미술관이 없겠으며, 흥미로운 프로그램들이 왜 없겠어요? 그런데도 저는 그런 걸 즐기지 못했죠. 저 같이 먹고살 만하고 소위 문학한다는 사람조차 그러는 걸 보면 문화 수준이나 인프라의 문제만은 아닌 거 같아요. 살면서 얼마나 여유를 갖느냐, 삶에서 무엇을 가장 중요하게 생각하느냐가 결국 문제일 거예요. 남의 나라에 와서 부지런히 온갖 문화 행사를 쫓아다니며 '역시 우리랑은 달라'라며 호들갑을 떠는 저의 이런 천박한 문화적 속물근성이 새삼 부끄럽습니다.

2016. 11. 12.

삶의 속도와 밀도에 대해

지영아!

미술관, 문학 워크숍, 각종 공연으로 가득 찬 네 편지를 몇 번이나 읽었어. 그 가운데 가장 부러운 건 '떼창'이구나. 네가 펍이 즐비한 아일랜드 거리 곳곳을 누비며 노래를, 그것도 '떼창'을 하며 맛보는 즐거움과 자유로움을 이곳에서는 상상하기 어려워. 그러고 보면 여기 사람들은 긴장이 풀린 채 지내는 때가 거의 없는 것 같아.

역마다 구비된 마트를 제외하고는 상점이라고 할 만한 게 없고 산책 삼아 집 밖을 나섰다가 어쩐지 입이 궁금해져 간단하게 맥주라도 한잔 마시고 싶어도 그럴 만한 곳이 없어. 물론 스톡홀름 시내에 나가면 즐길 만한 펍들이 있지만 간단히 한잔하자고 시내까지 나가게 되진 않으니까. 술도 잘 못하지만 괜한 반항심에 양껏 먹고 취해서는 흔들흔들 거리를 활보하고 싶을 때가 있는데, 만약 이곳에서 실제로 그렇게 한다면 나를 동양에서 온 술주정뱅이로 볼지도 모르지. 그러니 북유럽인들이 신촌이나 홍대 거리의 불야성을 두 눈으로 직접 본다면 어떨까? 근데 이거 상상만으로도 은근 즐겁네.

이곳에서 거리의 떼창은 본 적 없지만 교회 성가대의 합창은 자주 본다. 스웨덴 사람들은 음악과 무척 가까워서 즐겨 듣고 따라 부르기를 좋아할 뿐만 아니라 악기도 한두 개는 다룰 줄 안다고 해. 실제로 내가 사는 동네 교회에 가보면 피아노는 물론이고 기타, 오보에, 첼로, 바이올린을 연주하는 사람들이 모여 매주 작은 음악회를 열거든. 레퍼토리는 주로 바흐나 헨델의 미사곡 위주여서 연주하기 쉽지 않은데도 말이야.

클래식을 무척 대중적으로 즐겨서일까? 오래된 것을 천천히 즐기는 느릿한 문화는 레코드 가게에서도 눈으로 확인할 수 있어. 너도 알겠지만 이제 한국에서는 음반가게에서 돈을 내고 CD를 사는 사람을 희한하게 보잖아. 하물며 LP를 산다면 더 말할 필요 있을까? 가끔 턴테이블에 LP를 걸어 듣는 나를 친구들은 구식이라고 놀리지만 바늘이 LP 표면을 긁고 지날 때 나는 지직거리는 소리가 아직도 그리울 때가 있어. 그렇게 옛날 소리를 듣고 싶어서 가끔은 희귀 음반을 찾아 황학동 시장이나 남대문 지하상가를 헤매고 다니기도 하지.

이제 음악을 '듣는다'는 행위는 인터넷상(유튜브 사이트처럼)에서

손쉽게 찾아 '보고' 음악 전문 사이트에서 원하는 파일을 '다운'받아 듣는 일이잖아. 인터넷 사이트에 가입하기도 꺼리는 나 같은 사람은 가끔 유투브에서 무작위로 듣는 편인데, 그때그때 듣고 싶은 음악을 편리하게 들을 수 있다는 장점은 있지만 LP를 듣던 시절, 판 하나를 걸어두고 앨범 전체를 처음부터 끝까지 깊이 있게 듣던 즐거움은 사라진 지 오래지. 그런데 여기서는 아직도 신보가 발매되면 레코드숍의 메인 자리에 LP가 진열돼 손님의 눈길을 끄는 거야.

오늘 레코드숍에 들렀더니 마침 내가 좋아하는 에릭 클랩튼의 신보가 나왔더라. LP로 떡하니 매장 한가운데 비치돼 있는 걸 보니 반가웠어. 이 노장의 앨범 타이틀은 '아이 스틸 두!(I STILL DO!)' 그래, 누구라도 현역으로 살고 있다면 그가 진정한 예술가일 테지. 지난달에 노벨문학상 수상자로 선정됐지만 한동안 침묵을 지켜 혹시 수상을 거부하는 게 아니냐는 추측을 낳기도 했던 밥 딜런의 LP도 한 자리를 차지하고 있었어.

저녁에는 연구소 동료들과 함께 음악회에 다녀왔어. 스톡홀름 시내에 자리한 스톡홀름 콘서트홀에서는 거의 매일이다시피 클래식 공연이 열려. 이 콘서트홀에서 매년 노벨상 수상식이 열리는데 노벨상 수상식은 몇 달 전에 이미 예약이 끝나.

오늘 우리는 기차게 운이 좋았어. 음반으로만 즐겨 들었던 피아니스트 안드라스 쉬프(Andras schiff)의 공연을 직접 보게 되었으니까. 하지만 진짜 놀라운 건 공연 티켓에 매겨진 '착한 가격'이었어. 만약 한국의 예술 전용 극장, 그것도 괜찮은 좌석에서 안드라스 쉬프 정도의 세계 정상급 공연을 보려면 10만 원쯤은 우습고 로얄석쯤 되면 20만 원을 호가하지. 그런데 내가 이곳에서, 그것도 연주자가 잘 보이는 좌석에서 얼마를 내고 보았게? 스웨덴 돈으로 100크로나, 그러니까 한화로 1만 4천 원 정도야. 물론 우리가 앉은 자리는 합창석으로, 합창석은 어느 나라고 다른 좌석에 비해 저렴하긴 하지만. 이 콘서트홀도 S석, R석이 있으니 좌석에 따라 가격에 차등이 있지만 우리나라처럼 20~30만 원을 훌쩍 뛰어넘지는 않아. 아무리 좋은 자리도 10만 원 내외거든. 그런 면에서 클래식은 서양음악이 맞구나 하고 실감하지.

그래도 어떻게 이 가격이 가능할까 싶어서 프로그램 안내를 보니 오케스트라 단원들이 왕립 오케스트라인 거야. 여기 사람에게 듣자 하니 왕립은 왕실에서 단원들에게 임금을 보조한다는구나. 그러니 관객들은 저렴한 가격에 이렇게 멋진 음악가들의 공연을 마음껏 감상할 수 있는 거지.

더 재미난 건 공연을 보러 오는 관객들은 우리 정도가 젊은 층에 속하고 대부분은 나이 지긋한 노인들이라는 거야. 은퇴한 연금생활자들이 낮에는 산책을 즐기고 저녁을 먹고는 느긋하게 시내로 나와 클래식 공연을 감상한 후 다시 느린 걸음으로 돌아간다.

공연이 끝나고 그들의 뒤를 따라 걷는데 곧 닥칠 내 노년의 모습도 그려보게 되더라. 더 나이 든 이후의 삶의 속도는 당연히 느려지겠지만 삶의 양식을 채우는 밀도는 어떨까 싶어서. 그때는 막

Stockholms
Konserthus

Onsdag 16 november kl 19:00-ca kl 21:20
Torsdag 17 november kl 19:00-ca kl 21:20

KUNGLIGA FILHARMONIKERNA

Dirigent & solist ANDRÁS SCHIFF piano

Konsertmästare: Joakim Svenheden

Bach Klaverkonsert nr 1 d-moll 24 min
Mendelssohn-Bartholdy Symfoni nr 3 a-moll 36 min
paus
Beethoven Pianokonsert nr 5 Ess-dur 37 min

연히 오래 사는 게 중요한 게 아니라 얼마나, 어떻게 양질의 삶을 사느냐가 화두가 될 테고, 무엇을 안고 무엇을 놓아야 하는지도 고민스럽겠지.

지영아, 나는 말이야, 꼬들꼬들 잘 말라가는 곶감처럼 늙고 싶어. '우선 먹기는 곶감이 달다'는 말은 나중에 어찌되든 당장 좋은 것만 취한다는 부정적인 뜻이지만, 늘 맛있는 것보다 맛없는 걸 먼저 먹어서 결국 맛있는 게 맛없어져버리던 내 옛날 습속이 싫어서 이제 더는 그렇게 살고 싶지 않다. 인생은 양보다 질! 그러니 나날이 더 좋은 걸 음미하고 싶다!

p. s._____ 안드라스 쉬프는 연주와 지휘를 동시에 했는데, 그게 어쩐지 두 마리 토끼를 다 잡으려고 하는 것처럼 산만해 보여서 공연에 몰두할 수가 없었어. 그가 한 가지만 했더라면 더 좋았을 텐데 하는 아쉬움이 짙게 남았다.

너도 알지?

당연히, 피아노 연주만!

2016. 11. 17.

사납고 슬픈 꿈을 꾼 날에

지영아!

다시 새날이 밝았지만 창밖만 봐서는 아침이 왔는지 알 수 없고 생체리듬이 '일어나, 이제 아침이야~' 해야 눈이 떠져. 그때는 대개 7시 30분 무렵. 7월에 처음 이곳에 왔을 땐 새벽 4~5시만 되면 천지가 낮처럼 밝아져 저절로 눈이 떠졌으니 그보다는 안정적으로 자는 셈이지만.

스웨덴은 완전한 백야는 아니지만, 밤 11시까지 밝은 하늘과 오전 10시가 넘도록 캄캄한 바깥이 나는 여전히 신기하기만 해. 오늘 아침에 일어나 보니 눈이 왔지 뭐야. 내가 좋아하는 놀이터에도 그리고 매일 산책하러 가는 성당에도.

간밤엔 꿈을 꿨어. 수풀이 우거진 강가에서 나는 모르는 아이를 안고 있었고, 아이는 내 목을 꼭 끌어안고 무척 친근하게 굴었어.

내게 꼭 안겨서 내뱉는 그 아이의 숨소리와 부드러운 살결이 너무나 좋아서 나는 아이에게 더 꼭 붙들라고 말했어.

아마 우리는 눈앞에 펼쳐진 강을 건너야 했나 봐. 내가 아주 조심스럽게 강물에 발을 담그는데, 바닥은 미끄럽기 그지없고 나아갈수록 수심이 깊어져서 이내 가슴께까지 물이 차오르는 거야. 아이는 무서웠는지 내 목을 조르듯이 끌어안았어. 나도 아이를 놓쳐선 안 된다는 생각에 발에 너무 힘을 주느라 온몸이 발로 변하는 것만 같았지. 그런데 이상하게도 물이 너무 끈적이는 거야. 그 점도가 몹시 불쾌해 주위를 둘러보니 세상에, 아이와 내가 있는 곳은 물속이 아니라 늪이지 뭐야. 그걸 알아챈 순간 막 소릴 질렀는데 그 바람에 깨버렸어. 깨고 나서도 아이가 안겼던 몸의 감촉이 한동안 남아서 이상하게 그리운 잔영을 느꼈어. 오늘 나는 모르는 누굴 만나게 되는 걸까, 아니면 어떤 막막한 일에 맞닥뜨리게 되는 걸까?

아마 오늘이 마지막 날일 텐데, 시내에서는 '스톡홀름 영화제'가 열리고 있어. 한 달 전부터 시내에 나부끼던 영화제 포스터에는 〈대부〉의 주인공인 말론 브란도가 존재감을 뽐내고 있다.

한국 영화도 몇 편 초청돼 상영

중인데 연상호 감독의 〈부산행〉, 김성훈 감독의 〈터널〉, 박찬욱 감독의 〈아가씨〉, 그리고 홍상수 감독의 신작 〈당신 자신과 당신의 것〉. 스톡홀름에서 영문 자막으로 보는 한국 영화라니, 재밌을 것 같아서 한 편쯤은 보고 싶었어. 〈아가씨〉는 올봄에 봤고, 재난 영화는 그다지 보고 싶지 않아서 홍상수 감독의 영화를 선택했어.

50석쯤 돼 보이는 상영관이 반 가까이 채워졌는데, 한국 감독이 만든 영화를 보겠다고 이렇게 찾아온 게 신기하더라. 내가 이 영화의 관계자라도 된 것처럼 고맙기까지 하더라니까. 자신이 만든 영화가 세계 각지에서 상영되고 있다는 것만으로도 영화감독은 재미난 직업임이 틀림없는 것 같아.

장면을 잘라주는 것만 같은 코드 음악, 때론 느닷없다고 느껴지는 클로즈업, 주인공보다는 주변 인물들의 대화와 몸짓으로 주연을 설명하는 극 전개까지, 이 영화는 홍상수 감독의 인증이 찍힌 영화가 분명한데 역시나 내용도 예의 그 '연애 소동'의 변주였어. 또 연애 이야기냐고 지겹다는 사람들도 있지만 좋게 보려고 마음 먹어서인지 내게는 늘 조금씩은 새로운 면이 보이더라.

영화 줄거리는 단순해. 주인공 영수는 화가인데 여자친구인 민정이 다른 남자와 술을 마시다 크게 싸웠다는 말을 다른 사람에게서 전해 듣게 되면서 극에 탄력이 붙어. 그날 밤, 영수는 술만 마시면 정신을 놓고 마는 여자친구에게 그간 쌓인 감정을 토로하는데 그게 말다툼으로 번지면서 화를 참지 못한 민정이 당분간 보지 말자며 집을 나가버려. 다음 날부터 영수는 민정과 다녔던 여기저기를 찾아 헤매지만 아무리 찾아도 만날 수가 없는 거야.

싸움의 발단은 영수가 민정이 '다른 남자'와 술 먹고 싸웠다는 말을 '전해 듣게' 된 거야. 아무리 찾아도 민정을 만날 수 없는 영수가 민정을 찾는 과정에서도 다른 사람들이 '전해주는' 민정에 대해서만 알게 되는데, 두 사람의 연애지만 이미 두 사람만의 관계가 아니게 되면서 오해가 싹트고 틈이 생기지. 게다가 영수에겐 친한 지인들의 '말'이 너무도 강력해서 그게 민정에 대한 '사실'로 인식되는 거고. 영화는 대체 뭘 말하고 싶었던 걸까?

화려한 열대어가 수족관 안에서 헤엄칠 때 그 매끈하고 부드러운 표면을 한번 만져보고 싶은 유혹, 그걸 끌림이라고 하자. 어느 날 열대어의 표면이 저렇게 아름다운데 과연 속살은 어떨까, 그 안도 화려하고 부드러울까 하고 궁금해지는 거야. 확인해보고 싶은 마음에 열대어를 틀어쥐고 배를 갈라보는 거지. 연애는 어쩌면 그런 무모한 해부가 아닐까? 가르면 죽는다는 걸 알면서도 기어이 저지르고야 마는.

뜨겁던 관계는 왜 차가워지는 걸까? 내가 당신을 안다고 말할 때 나는 당신의 '무엇'을, '어디'까지 안다는 말일까? 왜 시간이 흐르면 상대를 전부 안다고 생각하고 전부 빤하다 여기게 되는 걸까?

영화는 상대를 재단하려고만 드는 찌든 관성의 눈을 벗고 낯설게 보려고 부단히 노력할 때만이, 한 사람을 다 안다고 단정 짓는 우(愚)를 범하지 않게 된다고 역설하는 것 같아. 이토록 교훈적인 감상평을 감독은 좋아할 리 없겠지만.

*p.s.*_____ 우리는 유럽에서 이토록 한적한 시간을 누리고 있지만 서울 친구들이 보내주는 광화문 광장의 집회 사진을 들여다보고 있노라면 사진 속 공간이 내가 알던 곳이었나 싶다.

얼마 전까지 광화문대로와 경복궁을 지나, 통인시장에서 장을 보고 청운동사무소를 끼고 돌아 매일 출퇴근을 했었는데. 사람들로 가득 메워진 저 거리를 뉴스로 볼 땐 '아, 나는 왜 저기 있지 않고 여기 있을까?' 하고 조용히 되뇌기도 한다. 아무래도 떠나온 이에게 '조국'은 때론 감추려 해도 드러나는 가난 같은 것인가 봐. 불편하고, 아프고, 시리다.

2016. 11. 20.

〈스모크〉의 하비 키이텔처럼

언니!

저는 지난주에 아일랜드의 서남쪽 지역으로 여행을 다녀왔어요. 차를 렌트해서 이틀 여정으로 '링 오브 케리(Ring of Kerry)'라는 이름의 코스를 돌았죠. 아일랜드 서남부의 이베라 반도를 링 모양으로 드라이브할 수 있는 이 코스는 아일랜드의 아름다운 풍광들만 모아놓은 곳이라는 명성에 걸맞게 코너를 돌 때마다 멋진 장면들이 펼쳐져 쉴 새 없이 차를 세워야 했어요. 우리나라와 정반대인 운전 시스템에 익숙하지 않아 바짝 긴장하면서도 계속 사진을 찍으려고 말이에요. 다행히 국도라 차량이 거의 없어서 마음껏 즐길 수 있었답니다.

잠은 그 근처 작은 어촌의 숙소에서 잤어요. 우리나라의 남해 어디쯤에 있을 법한 이름 없는 작은 마을이었죠. 유일하게 문을 연 조그만 식당에서 마을 사람들 틈에 앉아 감자를 곁들인 아이리

111

쉬 생선 요리로 저녁을 먹고, 숙소의 주인 할머니와 벽난롯가에 앉아 트럼프를 위시한 세계 정치에 대한 얘기도 나누고, 다음 날 아침에는 할머니가 알려준 마을의 비경을 보러 산책을 다녀오기도 했어요. 차를 렌트해서 혼자 시골로 운전하며 다니는 거라 조금 걱정했는데, 진작 이렇게 다닐 걸 싶은 생각이 들 정도로 좋은 시간이었습니다.

　트럼프 덕분에 여기도 온통 정치가 화제입니다. 얼마 전 수업 시간에는 조별 발표에서 우리나라 촛불 집회를 소개했어요. 시청 광장을 가득 채운 촛불 사진을 보여주자 친구들과 선생님의 얼굴은 놀라움으로 가득 찼고, 함께 수업을 듣는 20대 한국 친구들의 얼굴에는 자부심이 역력했어요. 이탈리아에서 온 친구가 농담처럼 합성 사진 아니냐고 묻더군요. 합성 사진도 아니고, 일회적인 집회도 아니고, 몇 주째 이어지고 있는, 그리고 점점 커지고 있는 자발적인 시민운동이며 지극히 평화적인 시위라고 말해주었죠.
　저는 이렇게 먼 곳에서 편히 앉아 다른 사람들의 뜨거운 노고를 팔아 제 자랑으로 삼고 말았습니다. 작은 촛불 하나를 들고 차가운 아스팔트에 매주 모인다는, 얼굴도 모르는 많은 사람들에게 미안하기도 하고 고맙기도 해요.
　그러나 솔직히 말하자면, 저는 이 모든 일이 잘 실감 나지 않아요. 매일 매일 한국의 포털 사이트에 접속해서 뉴스를 읽고, 트위터에 실시간으로 올라오는 현장 사진을 봐요. 어떤 때는 온몸에 털이 쭈뼛 설 정도로 전율이 일기도 하는데, 그게 다예요. 그냥 엄청나게 스펙터클한 영화를 보고 있는 것 같은 느낌이랄까요. 물리적 거리가 이렇게나 마음의 거리를 띄워 놓는 건가요? 아니면 정말로 이 사건의 성격이 너무 비현실적이라 그런 걸까요?

그 와중에 선명하게 느껴지는 감정이 있다면 그건 질투예요. 역사의 현장에서 비껴서 있다는 사실이, 이 일이 실패로 끝나든 성공으로 끝나든 동시대를 살아가는 사람들이 나눠 가지게 될 어떤 공통 감각, 공통의 경험을 나눠 갖지 못한다는 사실이 서운하고 아쉬워요.

요즘엔 거의 하루도 거르지 않고 운하와 공원에 들러요. 특히 운하는 학원 가는 길에 있어서 아침에는 거의 같은 시간에 지나가게 돼요. 그 덕에 영화 〈스모크〉의 하비 키이텔이 그랬던 것처럼 같은 시간대의, 그러나 매일 다른 빛깔의 운하를 사진으로 찍고 있어요. 나중에 운하 사진만 모아 봐도 재미있을 것 같아요. 가을 아침 햇살에 반짝거리는 모습에서부터 살얼음 같은 어둠이 내려앉는 모습에 이르기까지 시간의 흐름을 고스란히 볼 수 있겠죠.

공원에는 주로 점심시간에 가요. 지금은 날씨가 춥고 비가 오락가락해서 자주 그러지 못하지만 점심을 공원에서 먹곤 하거든요. 1시에 수업이 끝나면 집에서 싸 온 토스트를 들고 커피 한 잔을 사서 길을 건너요. 공원 벤치는 저처럼 샌드위치로 간단히 점심을 때우는 사람들로 늘 붐벼요. 볕이 잘 드는 벤치에 자리가 나면 잽

싸게 앉아 따뜻한 커피에 샌드위치를 먹으며 산책하거나 조깅하는 사람들, 책을 읽는 사람들, 단체로 놀러 나온 유치원 꼬맹이들을 구경하는 재미가 쏠쏠합니다. 그리고 나면 저도 공원을 한 바퀴 돌아요. 산책은 언제나 공원 북쪽에 있는 한껏 거만한 자세를 취한 오스카 와일드에게 눈도장을 찍는 일로 마무리합니다.

이렇게 거만한 자세로 만들어진 동상이 또 있을까요? 자세도 자세지만 한쪽 입꼬리가 올라간 표정을 볼 때마다 쾌감 같은 걸 느껴요. 세상 사람을 향해 엿이나 먹어라, 하는 것 같아서요. 경건한 척, 교양 있는 척은 혼자 다 하면서 사실은 속물근성과 허위로 가득 차 있는 바로 저 같은 사람을 향해 던지는 조소인 거죠. 그러니 저는 또 기꺼이 엿을 먹으러 갑니다.

2016. 11. 25.

크루즈로
발트해를 건너는 맛이란…

지영아, 한동안 뜸했지?

그동안 라트비아 공화국의 수도 리가에 다녀왔어. 그 일지를 정리하고 있는데, '띵동' 하고 네게서 편지가 온 거야!

크루즈를 타고 발트해를 건너는 맛은 뭐랄까, 좀 심심했어. 지금 건너고 있는 이곳이 '발트해'라는 걸 모르고 있다면 제주도 근처 어느 작은 섬을 향해 들어간다고 해도 믿을 그런 풍경이었어. 위치를 식별할 만한 무엇도 없는 너른 바다만 내내 펼쳐지더라.

여행을 떠나기 전에 지도를 펼쳐놓고 라트비아는 어디쯤에 위치한 나라인지 찾아봤지. 동쪽으로는 러시아, 서쪽으로는 발트해와 리가만에 닿아 있고, 바로 아래 남쪽으로는 리투아니아 그리고 바로 위로는 에스토니아가 자리 잡고 있으니까, 발트 3국의 딱 중간에 있어. 라트비아가 포함된 발트 3국의 바로 위가 핀란드, 스웨덴이고. 북유럽에서 살아볼 기회가 없었다면 나는 이 3국 중의 한 나라라도 와볼 생각이나 했을까?

1차 세계대전 끝에 독립한 라트비아는 그 전까지는 제정 러시아의 식민지였고, 발트 3국은 2차 세계대전 뒤 반 세기 동안 러시아의 지배를 받았기 때문에 동유럽의 일부로 보기도 한대. 그래선지 도시의 전반적인 분위기가 조금 음울하기도 해.

우리가 도착하기 전에 눈이 많이 왔는지 곳곳에 잔설이 쌓여 있고, 간간이 비가 흩뿌려 바닥은 미끄러웠어. 으슬으슬한 날씨 때문에 조금만 걸어도 몸이 자꾸 움츠러들더라. 반나절도 쏘다니지 않았는데 카페나 식당만 보이면 들어가고 싶어졌지.

동유럽의 일부라서 체감할 수 있는 이점은 물가가 저렴하다는 것! 술 파는 상점도 많고, 가격도 싸서 스웨덴 애주가들에겐 이곳이 천국이래. 여기선 맥주 값이 스웨덴의 3분의 1밖에 안 되니 부러 술만 먹겠다고 오는 스웨덴 사람들도 있다고 해. 덕분에 우리도 모처럼 주머니 걱정 덜고 푸짐한 만찬을 즐겼지.

숙소로 돌아오는 길엔 시장에 들러 이것저것 구경했는데 여기서가 아니면 살 수 없을 것 같아 알록달록한 수가 놓인 털모자와 두 발을 깊게 감싸주는 뽀송뽀송한 털 실내화도 하나씩 샀어. 매일 이 실내화를 신고 있는데 무척 따뜻해!

2016. 12. 10.

생존과 존엄 사이

지영아!

여행 갔다 돌아오니 좀 방탕하게 산 기분
이 들어서 집 안에 틀어박혀 한동안 책만 읽었어. 도서관에도 자
주 가는 편이지만 남편이 연구소에 가 있는 동안은 집이 도서관처
럼 조용하기 때문에 혼자 주방 식탁에 앉아 놀곤 해. 종이책은 친
구들이 꽤 보내줘서 야금야금 잘도 먹고 있고, 전자책도 제법 보
았어. 아무래도 책장 넘기는 소리가 더 익숙하니까 화면을 터치해
넘기는 전자책은 처음엔 이물감이 들더라. 하지만 자꾸 들여다보
고 있으니 그것도 점차 익숙해지네. 그렇게 한참 책을 보다가 어
두워지기 시작하면 더 늦기 전에 저녁거리를 사두려고 밖을 나서
는 것이 요즘 내 일과야.

마트에 가면 담요를 두르고 마트 입구에 앉아 있는 집시와 항상

마주친다. 어떤 날은 여자처럼 보이는데 다시 보면 남자 같기도 해. 그 혹은 그녀는 사람들에게 "헤이!"를 외치고 그 다음엔 동전이든 종이컵을 흔들어 보이며 자기 나라 말로 뭐라고 한다. 사람들은 대부분 그냥 지나치는데 지난주엔 어떤 중년 여성이 집에서 만든 라자냐를 집시에게 건네는 걸 보았어. 그 여성은 겨울 외투 한 벌을 배낭에서 꺼내 집시 등에 둘러주기도 했어. 집시는 연신 고맙다고 했고.

여기 와서 그런 모습을 처음 보아서 좀 놀랐어. 왜냐하면 스웨덴 사람들은 시간을 두고 오래 보면 다정한 사람들일지 모르지만 겉으로만 봐서는 '적선'이라고 이름 붙일 만한 행동을 절대로 하지 않을 것처럼 보이거든. 특별히 차가운 사람들이어서가 아니라 남에게 무얼 하고, 하지 않는 행위의 기준이 나름대로 엄격하기 때문이래.

물론 내가 집시들에게 돈이며 음식을 건네지 않는 이유가 그들에게 주제넘은 참견으로 받아들여질까 봐 주저했기 때문은 아니지. 상대는 대놓고 적선으로 자신에게 반응해주길 바라는 거니까. 사실 표현은 못했어도 그들이 종이컵을 흔들어댈 땐 왠지 모르게 불편했어. 그래서 늘 빠르게 집시를 지나쳐 매장으로 들어가 물건을 고르고, 값을 치르고, 후다닥 집으로 돌아왔던 거고. 만약 그날 음식과 옷을 가져다준 스웨덴 여성을 보지 못했더라면 나는 왜 그들에게 적선하기를 주저했는지 깊게 생각해볼 기회를 갖지 못했을 거야.

얼마 뒤 나는 남편이 연구소에서 "스웨덴에서의 집시 문제"로 발표하는 세미나에 참가하게 됐는데 들을수록 우리나라의 이주정책과 홈리스 사안에 대해 던져주는 시사점이 크다고 생각했어. 그래서 지금부터는 그날 내가 들어서 새롭게 알게 된 사실과 이곳에 와서 보고 느낀 집시들에 대해 말해볼까 해.

집시들은 도대체 어느 나라에서 이곳 스웨덴까지 왔을까 궁금했는데, 열 명 중 아홉은 루마니아에서 왔단다. 이들이 하루 종일 구걸해서 버는 수입은 100~200크로나, 우리 돈으로는 1만 4천에서 2만 8천 원인데 이 정도면 루마니아 저숙련 노동자의 임금보다 많은 액수래.

스웨덴 정부는 특정 민족이나 인종을 차별하는 정책이나 용어 사용에 민감하기 때문에 이주민들이 '해외 구걸자'나 '해외 빈민층' 등으로 불리며 차별받는 상황을 예방하기 위해 '취약한 유럽연합 이주자'라는 공식용어를 사용해.

스웨덴에서 구걸로 살아가는 이주민들은, 추정치지만 5천 명이 넘어. 어느 정도일지 가늠이 잘 안 되지? 고향보다 수입이 괜찮다는 소식을 들은 이주민들의 가족과 친척들이 몰려들면서 스웨덴의 스톡홀름, 말뫼, 예테보리는 유럽에서 단위 인구 당 구걸하는 사람이 가장 많은 도시가 됐어. 유명 관광지는 말할 것도 없고 동네 슈퍼마켓, 상가 출입문 앞에서도 어김없이 이들을 볼 수 있을 정도니까.

스웨덴에 도착하고 보름쯤 지났을까. 스톡홀름 시내에서 퀴어

퍼레이드가 열린다기에 나는 잔뜩 기대를 품고 거리로 나섰어. 달리는 버스, 가로수, 건물 안팎 곳곳에 장식된 무지개 깃발은 아름다웠고, 저마다의 개성을 한껏 뽐내며 치장한 퀴어들이 자유롭게 행진할 땐 퀴어 영화 속 한 장면 같기도 하더라. 남녀노소 모두가 거리로 쏟아져 나와 행진을 즐겼으니 퀴어들만의 축제가 아니라 모두의 축제였어. 하지만 그런 순간에도 집시들은 사람들이 버린 깡통을 검은 봉지에 주워 담기에 여념이 없었어. 물론 이를 이상하게 보는 사람들도 없었고.

이들이 스웨덴으로 몰려들기 시작한 건 루마니아, 불가리아 등 동유럽 국가가 유럽연합 멤버가 되면서부터래. 특히 루마니아가 집시의 일자리와 주거지를 제한하기 시작한 2014년 이후 스웨덴으로의 이주가 압도적으로 늘어났어. 너도 알다시피 유럽연합 시민들은 입국심사를 치르지 않잖아. 일자리가 있는 사람이나 학생이라면 거주 등록을 한 후에 석 달까지만 체류할 수 있지만 집시들은 석 달이라는 기간에 구애받지 않아. 그냥 살아버리는 거야.

잘 갖춰진 복지제도를 거론하지 않아도 스웨덴은 이민자들에게 관대한 편이거든. 아무 데서나 노숙을 하고, 공중화장실에서 몸을 씻고, 쓰레기통을 뒤져 돈이 되는 캔을 모으는 구걸자를 보면서 보통의 스웨덴 사람들은 불편함과 측은함을 동시에 느꼈어.

그래서 이주민들이 들어오던 초기만 해도 지방자치단체들은 시내 한복판에 있는 공원을 거주지로 내놓았고 시민들도 이들에게 음식과 돈을 기부했지. 그렇게 돕다 보면 저들의 형편이 나아져 일자리를 찾거나, 떠나온 고향으로 돌아가 자립할 수 있을 거라 여겼으니까. 하지만 그들을 돕는 일은 밑 빠진 독에 물을 붓는 것처럼 보람이 없었고 수는 점점 감당하기 어려울 만큼 늘어났어. 그러는 사이 구걸은 어느새 그들의 직업이 되어버린 거야.

스웨덴의 집들은 모두 밖을 향해 커다랗게 창이 나 있고, 밖에서는 그 창으로 (물론 이곳 사람들은 누구도 그 안을 들여다보지 않지만) 집 안을 들여다볼 수도 있어. 또 창가에는 거의 예외 없이 예쁜 화분이 놓여 있고, 안에는 따스한 촛불과 은은한 조명들이 켜져 있지. 그런 창으로 밖을 내다보는데 외국에서 온 빈민들이 저편에 앉아 있는 거야. 자기 집을 바라보면서 말이야.

동화 『성냥팔이 소녀』의 무대가 되었던 스웨덴의 창 밖에는, 성냥에서 라이터로 변했을 뿐, 집 안의 온기를 부러운 듯 바라보는

'소녀들'이 여전히 존재하는 거야. 스웨덴 사람들 입장에서 보면 이런 현실이 어느 순간 싫기도 하겠지? 그래선지 최근엔 집시 구걸자를 향한 혐오범죄가 일어나기도 해.

집시 구걸자와 관련된 범죄는 전체 범죄의 1~2%에 불과하고 그마저도 집시가 저지른 범죄가 아닌 집시를 향한 범죄가 대부분이지만 일부에서는 '이주민 범죄'라고 싸잡아 비난하기도 해. 사정이 이렇다 보니 구걸자를 향한 국민들의 시선도 곱지 않고 말이야.

2017년 여름에 보도된 설문조사 결과를 보면, 응답자의 둘 중 하나는 구걸을 법으로 처벌해야 한다는 데 동의했다고 해. 집권당인 사민당은 이 설문조사를 토대로 구걸을 처벌하는 법안을 검토하겠다고 했어. 그러자 스웨덴 민주당은 사민당이 드디어 현실을 직시했다고 반색했지만, 연정 파트너인 녹색당은 가난을 법률로 금지할 수 없듯, 구걸도 법률로 금지할 수 없다고 거세게 반발했어. 도움을 요청하는 행위를 법으로 처벌하는 건 '스웨덴 모델'이 아니라는 거지.

주마간산 격이지만 이렇게 일부나마 스웨덴 내에서 이민자들이 처한 현실을 알고 나니, 그간의 궁금증이 해소돼 좋기도 하지만 마음은 더 무거워진다. 차별을 예방하고 금지하는 이 나라의 정책은 바람직한 방향으로 계속 유지될 수 있을까? 혹 논의가 잘 되어서 구걸 행위를 법으로 처벌하지 않겠다는 결론이 난다 해도 이미 싸늘해진 제도에 온기를 불어넣을 수 있을까?

밥이 절실한 사람에게 밥그릇을 주긴 하는데 면전에 내던져 먹

게 한다면 생존을 해결해주었으니 다행이라고 할 수 없듯, 인간의
존엄을 바닥에 떨어뜨린 채로 보장하는 생존을 복지라고 부를 순
없을 테니. '관용의 나라'로 불리는 스웨덴도 이렇게 고민의 양상
이 달라지고 있다. 같은 사안에 대해 한국 사회의 고민의 수위는
어디쯤에 있는 걸까? 요즘 나는 이런 고민에 잠겨 있단다.

　한편으론 다른 고민에 빠져 있어. 크리스마스 연휴에 네가 오면
무얼 하며 지낼까 열심히 찾아보는 중이야. 연휴라 이곳 사람들도
대부분 휴가를 떠나니 썰렁할 것 같아 살짝 걱정이야. 다행히 산
책하면서 보니 교회 주변에 설치된 게시판에 크리스마스 전후로
열릴 음악회 정보가 가득하구나. 이 공연들을 함께 보며 성탄에
취한 시내를 둘러보는 재미도 쏠쏠하지 않을까?
　아니면 서양 명절에 한국 사람 셋이 모여서 일본 고스톱을 치면
어떨까? 이도저도 아니면 실컷 수다나 떨지 뭐. 대신 맛있는 거 많
이 만들어줄게. 마음만 가볍게 오셔요.

2016. 12. 14.

126

여행 중에 만난
토마스 만과 릴케

언니!

　날도 추워졌는데 언제부턴가 학원 근처에서 한 소년이 노숙을 하고 있더군요. 밤새 그곳에서 잠을 자는지, 겨울비 오는 아침에도 차가운 바닥 위에 박스를 깔고 동전을 받을 종이컵을 세워놓은 채 누워 있어요. 출근 시간이라 다들 걸음을 재촉하며 소년을 그냥 지나쳐요. 저도 마찬가지고요. 다만 앳돼 보이는 얼굴 때문에 어떤 사연이 있을까 잠시 궁금해하는 정도.

　저만 그런 장면을 마음에 담은 건 아니었는지, 얼마 전 수업 시간에 우리나라에서 온 친구 하나가 선생님께 질문을 하더군요. 자신이 본 걸인들은 대부분 자기보다 좋은 브랜드의 신발이나 옷을 걸치고, 때로는 고급 품종의 애완견까지 데리고 있던데 그런 사람이 왜 구걸을 하냐는 거죠. 선생님 왈, 약물이 문제라고 하더군요. 의외의 대답이었어요. 우리나라에서는 약물 문제가 그다지 심각하지 않은 데다가 여기에서 본 걸인들이 대체로 젊은 편이라서 무전여행 같은 걸 하는 사람이겠거니 생각했거든요. 그러니까 경제적인 이유로 구걸을 한다기보다는 어떤 자발적인 선택 같은 거라고 생각했던 거죠.

그 소년이 언니가 보았다던 집시들이었다 해도 저는 그런 낭만적이고 이상적인 생각을 했을까요? 아마 그렇지 않았겠지요. 구걸하는 사람에게까지 가해지는 이 자연스러운 인종주의적 발상이라니요. 가장 풍요로운 시대에도 여전히 남아 있는, 구걸이라는 이 원시적인 행위가 우리에게 끝없이 불가해한 질문을 던집니다. 어쩌면 이런 질문들이 우리를 생각하는 종으로 남아 있게 하는 건지도 모르겠어요.

저는 모처럼 어디 안 나가고 일을 하며 오붓한 시간을 보내고 있어요. 같이 사는 친구가 여행을 갔거든요.

3주 전부터 함께 살기 시작한 길리아르미라는 이름의 이 친구는 브라질에서 왔는데 다음 주 월요일이면 자기 나라로 돌아가요. 이 친구가 가고 나면 조금은 쓸쓸할 것 같아요. 그동안 이 친구 덕분에 심심하지 않았거든요. 학원 끝나고 집에 오면 학원에서 있었던 일도 이야기하고, 누구 나라가 더 문제인지 마치 경쟁이라도 하듯이 각자 자신의 나라에 대해 흉을 보고, 세계 경제와 정치, 진로나 취업에 관해서도 이야기를 나누곤 했답니다. 지난 주말에는 독일에서 유학 중인 그의 대학 동창이 놀러 와서 이틀 내내 같이 놀았고, 주중에는 학원의 브라질 친구들을 초대해서 코리안 바비큐와 기네스로 길리아르미의 환송 파티를 했죠. 덕분에 집에서까지 영어를 쓰느라 영어 실력이 일취월장했어요, 하고 말하면 좋겠지만, 그건 잘 모르겠고, 영어 머리를 쉴 새 없이 굴렸더니 골치가 아프기는 하더군요.

생각해보니 이렇게 긴 시간 다른 사람이랑 한 공간에서 지낸 게 얼마 만인가 싶어요. 동생이 결혼하고 나서부터 줄곧 혼자 살았으니 어언 20년 만이네요. 부모님 집에 가도 길어야 일주일 정도 머무는데……. 처음에는 신경 쓰였고, 지금도 혼자 있는 게 더 편하기는 합니다만 타인과 한 공간에서 지내는 것에 그럭저럭 잘 적응한 것 같아 저 스스로가 대견하다는 생각도 듭니다.

그리고 보면 전 사람들이랑 어울려 다니는 걸 옛날부터 별로 안 좋아했던 것 같아요. 중고등학교 때도 친구들이랑 화장실이나 매점 같은 데를 같이 다녀본 적이 별로 없고, 대학생 때도 카페 같은 데 모여 수다를 떨거나 옷을 같이 사러 다닌 기억이 없어요. 그렇다고 '무소의 뿔처럼 혼자서 가는' 타입도 아니었는데 말이에요. 여럿이 몰려다니며 자기들끼리 깔깔거리는 모습이 부럽기도 하고 거기에 끼고 싶다는 생각을 하기도 했으니까요.

저는 다만 친해지기까지 거쳐야 하는 의례적이고 사교적인 단계를 잘 견디지 못하는 부류의 사람인 거 같아요. 그렇게 여럿이 다니는 게 별로 재미있지도 않았고, 솔직히 말하면 유치하다는 생각도 했거든요. 진짜 서로가 좋아서 같이 다니는 게 아니라 혼자

다니는 게 두려워서, 남들이 외톨이라고 보는 게 두려워서 애써 무리를 이뤄 다닌다고 생각한 거죠. 그럴 바에야 혼자 책을 읽는 게 더 낫다고 생각하는 편이었고요. "너, 나 좋아? 나도 너 좋아. 그러니까 서로를 좋아한다는 건 뭘까?" 하는 식으로 곧장 본론으로 뛰어드는 관계에 대한 환상을 아직까지 버리지 못하는 건 이런 성향과 무관하지 않은 듯싶어요.

학원을 다니며 학창시절로 돌아가기라도 한 듯, 이렇게 저 자신과 관계에 대해 이런저런 생각들을 하고 있어요. 제가 어떤 부류의 사람인지, 어떤 사람을 싫어하고 어떤 사람에게 끌리는지, 또 사람들에게 어떻게 보이고 싶어 하고 사람들의 시선을 얼마나 의식하는지 같은 질문들을 다시 고민하는 거죠. 변한 건 하나도 없는 거 같아요. 여전히 소극적인데 돋보이고 싶고, 먼저 다가가지 않으면서 상대가 나를 좋아해줬으면 좋겠고, 잡담에 끼어들기 싫은데 혼자 있는 것도 싫고. 쓰고 보니 다른 사람들로부터 영향을 많이 받는 게 싫어서 혼자 있는 걸 좋아하게 되었나 싶기도 하네요.

지금 쓰고 있는 원고 때문에 우연히 토마스 만의 『토니오 크뢰거』와 릴케의 『젊은 시인에게 쓰는 편지』를 다시 읽고 있는데, 이런 복잡한 감정을 이해하는 데 도움이 되네요. 토니오 크뢰거의 마음이 딱 제 마음이더라고요. 그는 단순하고 밝은 사람들을 경멸하면서도 한편으로 그들을 동경하잖아요. 그래서 겉도는 자신 때문에, 또 그들에 대한 이중적인 감정 때문에 늘 고통스러워해요. 그는 결국 그런 마음을 접고 자기만의 세계를 구축해서 시인으로 대성합니다. 그러다가 깨닫게 되죠. 자신의 마음 한 귀퉁이에는 여전히 생활 세계에 대한 동경이 남아 있다는 사실을, 그리고 생활이 없이는 진정한 예술도 없다는 것을요.

이와 비슷한 고민이 『젊은 시인에게 쓰는 편지』에도 나와요. 시인 지망생 장교가 군대 생활의 고민을 토로하는 것에 대해 릴케는 이렇게 말해요. "직업은 우리를 자립할 수 있도록 해줄 것이다. 하지만 궁극적으로는 군인이든 아니든 모든 직업 생활은 인습이 만들어낸 허상에 불과하기 때문에 자기 자신을 잃게 할 것이며, 따라서 철저히 자기의 내면, 고독에 침잠하는 것이 좋을 것이다."

누구의 생각이 맞는 것일까요? 세상이 예술의 토대가 되어야 한다는 토마스 만의 생각이 옳은 것일까요, 아니면 내면으로의 침잠만이 진리에 도달하는 길이라고 한 릴케의 생각이 옳은 걸까요?

제 경험에 비추어보면 토마스 만의 결론이 맞는 것 같습니다. 세상은 제가 아무리 경박하고 무의미하다며 멸시해도 제 의도와 상관없이 제 경계를 침범하죠. 세상이 그렇게 제 의지와 무관하게 굴러가고 제 관념에 들어맞지 않을 때, 저는 더 할 나위 없는 무기력과 좌절감을 느껴요. 하지만, 그런 느낌이 들 때가 바로 견고한 제 자아가 흔들리는 순간이라는 걸 이제는 알아요. 그러니 고상하지도 않고 깊이도 없(다고 제 마음대로 얕잡아 보)는 생활이야말로 한없이 겸손한 척 하지만 사실은 오만하기 그지없는 저 같은 사람을 어떤 식으로든 도약하게 이끄는 초대가 아닐까요?

그럼에도 불구하고 저는 여전히 철저히 고독에 잠기라고, 자기

내면에 집중하라고 충고하는 릴케의 말이 반가워요. 제가 천성적
으로 끌리는 '생활로부터의 도피'에 대한 면죄부라고 여기는 걸까
요?

언니를 만나면 밤새워 이런 얘기들을 할 수 있겠죠? 함께 고스
톱을 치는 것도 좋고, 한나절쯤은 저 혼자 스톡홀름 거리를 걸어도
좋아요. 함께 장을 봐서 맛있는 걸 해 먹고 영화를 보거나 웹서핑
을 하며 우리의 여행 계획을 짜도 좋겠네요. 그러니 뭘 보여줄까,
어딜 데리고 갈까, 하고 너무 고민하지 않으면 좋겠어요. 언니와
함께라면 뭐든 좋으니까요.

*p.s.*_____ 함께 보낸 사진은 길 가다 우연히 발견한 야외 조형물
들이에요. 더블리너들은 인생에 대한 독특한 유머 감각이 있는 것 같아
요. 딱 제 취향에 맞는 유머 감각이에요.

2016. 12. 17.

함께 걸었던
남원의 사찰을 떠올리며

지영아!

　네가 릴케에 대해서 말한 게 마음에 남았던 모양이야. 그의 『말테의 수기』를 책장에 꽂아만 둔 채 읽지 못한 게 생각났어. 『말테의 수기』 바로 옆엔 『젊은 시인에게 보내는 편지』도 꽂혀 있네. 개인을 향한 토마스 만과 릴케의 관점이 작품 안에서 다르다는 네 말에 나는 『젊은 시인에게 보내는 편지』를 먼저 꺼내 읽었어.

　젊은 시인 카푸스는 릴케에게 자신이 쓴 시를 평해달라고 편지를 보내지만, 릴케는 시에 대해선 어떤 언급도 없이 다만 이렇게 권하더구나.

　　당신의 슬픔과 소망, 스쳐 지나가는 생각의 편린들과 아름다움에
　　대한 당신 나름의 믿음 따위를 묘사해보도록 하십시오. 이 모든

것들을 다정하고 차분하고 겸손한 솔직함으로 묘사하십시오. 그
리고 당신의 마음을 표현하기 위해 당신 주변에 있는 사물들이나
당신의 꿈속에 나타나는 영상들과 당신의 기억 속의 대상들을 이
용하십시오.

릴케는 평론가가 작품을 어떻게 분석하고 평하느냐가 아니라
작가가 자신의 분신인 작품을 낳기 위해 얼마만큼 자기 안으로 침
잠했는지가 더 중요하기 때문에, 마음을 표현하기 위한 유무형의
모든 대상들과 깊이 교감하라고 젊은 시인에게 당부하지. 그 밖에
도 이 책 안에는 시인에 대한 릴케의 염려와 우정의 표현이 가득하
구나. 막 태어난 아이(작품)는 아직 눈도 못 뜨고 있으니, 어른 평론
가들의 날 선 비평으로 아이를 무참히 살해하는 비극을 스스로 만
들지 말라고 충고하고 있네.

그러면서 카푸스에게 예술작품이란 한없이 고독한 것이며, 비
평만큼 예술작품에 다가갈 수 없는 것도 없으니 "무엇보다 그들을
사랑하십시오"라면서, 덴마크의 시인 옌스 페테르 야콥센의『닐
슨 뤼네』작품들을 반드시 읽어볼 것을 권하잖아. 도대체 무슨 내
용이 담겨 있기에 그리 강권하는지 궁금해져서 찾아보았는데 야
콥센의 저작은 아직 번역본이 없는지 보이지 않더라. 다만 성실한
블로거들이 토막토막 번역해놓은 구절이 있어 옮겨본다.

구애로 바쳐진 첫해를 보내고 결혼생활이 더 이상 새로울 것이

없을 때, 뤼네는 항상 자신의 사랑을 표현할 새로운 말을 찾아내야 하는 것에 지쳐버렸다. 그는 로망스의 깃털을 달고 영원히 날개를 활짝 펴고 감상의 하늘과 생각의 심연 곳곳을 날아다녀야 하는 일에 싫증이 났다. 그는 자기의 조용한 횃대와 둥지에 정착해, 지친 머리를 날개의 부드럽고 솜털 같은 은신처 아래에 두기를 갈망했다. 뤼네는 결코 사랑을 영원히 꺼지지 않고 너울대는 불꽃, 즉 존재의 구석구석을 비추며 모든 것을 환상적으로 확대하고 기이하게 만드는 그런 불꽃이라고 생각하지 않았다. 그에게 사랑은, 아궁이에서 타다 남은 장작처럼 조용히 타면서 부드러운 따뜻함을 자아내는 불빛 같은 것이었다. 그 한 쪽에선 희미한 황혼의 빛이 멀리 있는 사물은 망각 속에서 다 감싸 안고, 가까이 있는 사물은 더 가깝고 더 친근하게 만들고 있다.

그는 자기 자신에게, 그리고 자신의 죽은 생각과 몽상에 싫증났다. 삶이 시가 될 수 있는가? 당신이 생생한 삶을 사는 대신에 자신의 삶을 불멸의 시로 만들어버린다면, 삶은 시가 될 수 없다. 삶 전체가 맛이 없고, 텅 비고 공허할 뿐이다! 자신의 꽁무니만을 쫓고 쳇바퀴 도는 자신의 삶만을 교활하게 관찰하는 것, 이것은 항상 앵글을 자신에게 맞추고 앉아 있으면서 삶의 강물에 뛰어드는 체하는 것이며, 이런 저런 위장을 하고 자신을 낚아 올리는 짓이다. 단지 어떤 것-삶, 사랑, 열정-에 압도되어버린 사람은 그것을 더 이상 시로 만들 수 없다.

야콥센의 작품을 꼭 읽어보기를 권했던 릴케의 깊은 뜻을 이 두 문단 정도로는 알 리 없지만, 릴케가 타인의 작품을 읽을 때 무엇을 음미하는지는 짐작할 수 있겠어. 특히 이 부분이 와 닿아. "당신이 생생한 삶을 사는 대신에 자신의 삶을 불멸의 시로 만들어버린다면, 삶은 시가 될 수 없다!"

열심히 살아서 일구어놓은 게 많고 이름을 얻은 사람일수록 '불멸의 시'로 남고 싶은 바람이 클 테지. 지금도 이미 멋진데 더 움직여서 괜히 모양새를 구기고 싶지 않을 테니까. 누구도 이 안정에의 유혹에서 자유로울 순 없겠지만, 릴케는 거슬러 올라가려 부단히 애쓰는 몸부림, 그때의 실존을 시(詩)라고 칭하는 것 같아. 야콥센의 작품은 개인이 느끼는 고독과 불안을 묘사하는 지점에서 릴케의 『말테의 수기』에도 영향을 미쳤다지.

지영아!

일생을 살아가며 한 사람이 감당해야 하는 고독의 총량은 얼마만큼일까? 삶의 새 국면마다 느끼는 환희와 짜릿함의 시효는 또 어느 정도일까? 간절히 바라면서도 금세 덧없어질 것을 아는, 인간만이 가진 모순에 대한 이해가 『닐스 뤼네』에 솔직하면서도 담담하게 녹아 있음을 느껴.

내 생각엔 삶을 완벽하게 이해하는 자는, 그런 사람이 있다면, 무엇을 쓰지 못해서 생기는 결핍을 느끼지 못할 거 같아. 무엇이든 긁적여대는 사람은 그가 멈춰 선 곳이 어딘지, 주변에 보이는 것들이 무언지, 사람들이 자신에게 왜 이러는지 알 도리가 없고, 그런 중에 치솟는 감정을 신뢰하기 어려워서, 해바라기가 해를 바라보듯 글 쓰는 방향으로 고개를 드는 것 같거든.

그러고 보면 야콥센의 말처럼 무엇에 압도되어버린 시절에는 아무것도 쓰지 못한다는 게 참말이지 싶다. 무엇엔가 휘말려 흔들리는 주체가 되고 보면 진동을 감지하고 겪어내는 것만으로도 숨이 차올라 다른 것을 생각하고 말고 할 여유가 없어지니까. 뭐든 써야 한다거나 쓸 상태에 접어들었다는 것은 내게 일어난 사건(혹은 사고)의 열기가 가라앉아 시간상으로든 심리적으로든 일정 정도 거리가 확보되었을 때라야 가능하잖아.

너에게 일어났던 어떤 일, 그걸 네 안에만 품어둘 수 없어 내게 보냈던 긴 편지를 나는 가끔 끌러 볼 때가 있어. 그 즈음 내 일기장에 쓰인 너는 이렇단다.

한때, 자신의 의지에서가 아니라 정해진 연이 다 돼버린 연애死로 매일 울던 후배가 있었다. 그녀는 처음에는 아무것도 쓰지 못했고, 정신을 조금 추스르고 나서는 거의 매일 써댔고, 그 뒤에는 닥치는 대로 읽기만 했다. 후배는 사랑은 다른 사랑으로 잊는다는 속설에 기대어 서둘러 다른 사람을 만나지 않았고 대신 오래오래 자기 안에 머물렀다. 스스로 가둔 동굴 안에서의 유배를 마치고 세상에 나와 보니 때는 겨울. 그녀와 나는 그 길로 남도를 향해 떠났으며 사찰에 기거하며 산과 들을 헤치고 다녔다. 자신의 전부를 걸고 처마에 매달려 있던 곶감의 붉은 빛깔이 햇살 받아 반짝이는 하얀 눈과 너무도 잘 어울렸음을 지금도 기억한다.

이별에 충분히 애도를 표하고 자기 안에 새로운 자리를 만들 때라야 발하는 빛. 저마다의 시작과 끝은 그래서 신비롭기만 하다. 그러고 보면 나는 릴케보다 야콥센에 더 가깝나 봐. 무엇도 덧없어진 지 오래라 크게 기대하지 않고 다만 지금을 소박하게 누리고 싶은데, 혹자는 바로 그 마음이 가장 큰 욕심이라고 말할지도 모르겠어.

이 사진 기억나니? 네 이별을 위로하자고 우리가 함께 걸었던 어느 겨울 남원의 사찰. 그 마을의 어느 집 뒷마당에 매달려 있던 곶감 말이야. 겨울 한복판에 자신의 전 생애를 매단 채 눈과 바람을 맞고 있던 곶감 줄기를 보며 '내 모든 것을 건다'는 말은 이럴 때 쓰는 말이 아닐까 하며 서로 웃었잖아.

주렁주렁 매달린 곶
감을 다시 보니 이 곶
감에 불이 들어온다면
크리스마스트리로도
손색이 없겠다는 생각
이 들어.

거리가 너무도 차분해서 이곳에도 크리스마스가 올까 싶었는
데, 오늘 서점에 들렀다가 진열된 상품에 새겨진 'GOD JUL'이라
는 문구를 보고 오긴 오려나 보다 했어. GOD JUL은 '메리 크리스
마스'라는 스웨덴어란다.

2016. 12. 20.

제 마음이 다시
차오를 수 있을까요?

언니!

언젠가 언니가 무심한 듯 물었죠? 그 사람 아직도 생각하냐고요. 언니가 무심한 듯 물으니 나도 무심하게 대답해야겠다고 생각했는데, 실제로 너무 아무렇지도 않게 말이 나오는 바람에 깜짝 놀랐다는 얘기는 안 했었죠?

한국에 있었다면 지난 10월 30일에는 그에게 다녀왔겠네요. 그가 떠난 지 딱 3년째 되던 날이었으니까요. 이번에도 꽃집 아줌마는 무슨 용도냐고 물었을 테고, 저는 또 당황하며 머뭇머뭇 '선물용'이라고 대답하며 '포장은 간단하게 해주세요'라고 덧붙였겠죠. 국화 같은 걸 고르면 그럴 일이 없을 텐데, 저는 매번 가장 예쁜 꽃을 골라요. 그러고 보니 살짝 억울하기도 하네요. 그에게 받은 꽃다발보다 그에게 선물한 꽃다발이 훨씬 많으니 말이에요.

그 겨울이 생각나요. 별다른 설명도 없이 "지영아, 우리 여행 갈

까?"라고 시작한 메일을 보내 만날 날만 잡고는 약속한 날 며칠 전
에서야 저에게 실상사로 오라고 했잖아요, 언니. 거기에서 우리
는 함께 눈길을 걷고, 108배를 올리고, 따뜻한 온돌에 마음을 녹
이며 두 밤을 잤던가요? 언니의 오빠 얘기를 처음 들은 것도 그때
였던 것 같아요. 우리는 우리를 사랑한다고 말해놓고 먼저 가버린
사람들을 원망도 못하고 바보같이 그저 눈물만 흘렸죠.

　그가 보고 싶을 때마다 글을 썼어요. 그가 떠나고 일주일쯤 지
난 후부터 쓰기 시작한 글은 실상사에 갈 무렵까지 계속됐죠. 그
는 어떤 사람이었는지, 왜 내게로 왔고 왜 그렇게 떠나야 했는지,
내가 무엇을 해야 했고 무엇을 하지 말아야 했는지, 그리고 무엇
보다 그는 나를 진짜로 사랑했는지를 이해해보려고 그와 처음 만
난 날부터 시작해서 매일 매일의 기억을 뒤지고, 그와 주고받은 문
자와 메일을 복기하며 두서없이 글을 써내려갔어요. 두 달여 만에
2년이 채 안 되는 시간들을 따라잡아 글을 쓰고 있던 실제 날짜와
종이 위에 적은 날짜가 일치하게 된 날, 저는 그에 대해 쓰는 걸 멈
췄어요. 실제 날짜와 글 속의 날짜가 겹치는 우연을 일종의 마침
표라고 생각했던 걸까요? 이제 그만 그에 대한 기억을 봉투에 넣
고 윗입술과 아랫입술을 딱 붙이듯 봉투를 붙여 깊숙한 서랍에 넣
어두어도 좋다는 계시 같은 거 말이에요.

　글로라도 남겨놓지 않으면 그와 보냈던 시간들이 제 삶에서 영
영 사라질 것 같았어요. 시간이 더 지나면 그가 제 곁에 존재했었
다는 사실조차 희미해질 것 같았어요. 그래서 그와의 시간들, 그

와의 기억 하나하나를 글자에 쏟아 부은 후 깊이 숨겨 놓았는데, 그게 문제였다는 걸 언니 편지 속의 이 구절을 보니 알겠어요. "당신이 생생한 삶을 사는 대신에 자신의 삶을 불멸의 시로 만들어버린다면, 삶은 시가 될 수 없다. 삶 전체가 맛이 없고, 텅 비고 공허할 뿐이다!"라고 한 야콥센의 말말이에요.

우리를 견디게 하는 건 무엇일까요?

그냥 조금 더 아픈 채로 살 걸 그랬나 봐요. 기억으로만 남을 그를 붙잡겠다고, 그 기억마저 놓치면 아무것도 안 남을까 봐 마음을 너무 서둘러 글 속에 비우느라 다른 감정들도 같이 비워버린 것 같아요. 우스운 비유지만 목욕물을 버리려다 아기까지도 버린다더니, 저는 제 마음을 통째로 비워버렸나 봐요.

이렇게 통째로 비워진 마음이 다시 차오르기도 하나요? 이번 여행으로 인해 그 마음이 조금이라도 차오를 수 있을까요?

2016. 12. 20.

우리를 지켜줄 작은 별과 함께

언니!

언니와 헤어지고 돌아오는 비행기 안에서 편지를 쓰다가 일기 비슷한 게 되어 다시 씁니다.

상공에서 내려다본 스톡홀름 시내에는 노란 불빛만 있는 게 아니더군요. 스톡홀름은 춥고 차가운 도시라서 사람들이 따뜻한 색감의 등을 쓰는 게 아닐까, 하며 언니랑 얘기한 게 불과 몇 시간 전이었는데…….

점점 작아지는 불빛들을 바라보는데 갑자기 코끝이 시큰해졌더랬어요. 저 많은 불빛 중에 언니가 밝힌 불빛도 있을 텐데, 그 빛은 분명 노랗고 따뜻할 텐데, 어째서 저는 춥고 쓸쓸한 곳에 언니를 두고 떠나는 느낌이 들었던 걸까요? 언니에게 더블린에 같이 가자고 말이라도 해볼걸, 하고 후회도 했어요.

언니가 가방에 꽂아준 존 버거의 책을 읽으려고 펼쳤다가 언니

더블린 공항에서 돌아오는 길. 리피강

의 따뜻한 마음을 발견해서 더 그랬는지도 모르겠습니다. 책 속에 가지런히 꽂힌 노잣돈과 엽서를 발견한 순간 저도 모르게 입가에 미소가 번졌어요. 그리고 생각했죠. 그 와중에 동생까지 챙기는 (나보다 겨우 두 살 더 많은데 시골 할머니들이나 할 법한 이런 깜찍한 일을 하는) 언니는 정말이지 쓸쓸한 사람일 수밖에 없겠구나, 이렇게 나눠줄 마음이 큰데, 그 마음이 그저 막힘없이 흐르기만 해도 행복을 느낄 사람인데…….

언제나처럼 저만 얘기한 거 같아 아쉽고 미안해요. 풀 데 없어 쌓아두었던 말들, 해도 그만 안 해도 그만인 말들을 스웨덴의 밤이 너무 길어서, 혹은 우리 사이에 금방이라도 침묵이 내려앉을까 봐

쉴 새 없이 지껄였는데, 그러는 게 아니었다는 생각이 듭니다. 이번만큼은 언니의 말을 기다리며 침묵의 무게를 견뎠어야 했는데 말이에요.

사랑을 할 줄도, 사랑을 받을 줄도, 사랑이 뭔지도 모르겠다고 언니에게 말했었지요? 하지만 스톡홀름의 불빛들이 점점 작아지는 걸 내려다보며 이제는 언니를 사랑한다고 말해도 괜찮지 않을까 하는 생각이 들었어요. 여전히 사랑이 뭔지는 모르겠지만, 누군가의 쓸쓸함에 마음이 쓰인다면, 그 사람이 정말 행복했으면 좋겠다는 마음이 간절하게 든다면, 그 사람을 사랑하는 거 아닐까요? 그래서 쑥스럽지만 건네는 말, 사랑해요.

스톡홀름에서 더블린으로 오는 길에 경유한 암스테르담의 거리를 헤매고 다녔어요. 해가 지고 막 어둠이 번져가던 때였죠. 네덜란드 사람들은 스톡홀름 사람들처럼 창가에 커다랗고 노란 별들을 걸어놓지 않더군요. 그래서 스톡홀름 창가의 별빛이, 그리고 언니와 보낸 기나긴 북구의 밤이 더 오래 기억날 거 같습니다. 마음이란 게 쉽게 어두워지고 쉽게 식는다는 걸 알아서 창가에 별을 걸어두고 그 가냘픈 온기로 마음의 온기를 지켜내려는, 무모하지만 강인한 북구 사람의 용기와 지혜를 배워 저도 언니를 위한 작은 별을 항상 켜두려고 해요. 그 별을 켜는 마음이 저 또한 지켜주리라 믿으면서요.

*p.s.*_____ 우리의 여행이 무산되어 무척 아쉬워요. 하지만 그저 연기된 것뿐니까. 예정보다 빠른 귀국 준비에 마음이 바쁘겠지만 연말 잘 보내고 차분히 잘 정리하길 빌게요.

딱 언니 같은 사진이 있어 첨부합니다.

2016. 12. 27.

쇼핑이라는 안정제

지영아!

사랑한다는 네 말, 달달하고 따뜻하구나. 특히 이렇게 추운 날씨에는 더욱. 오늘은 어제보다 기온이 더 떨어졌어. 밖에 나갔다가 안으로 들어올 때 얼른 문을 닫아도 바깥 냉기가 훅 따라 들어오네.

너를 맞이하기 전에는 이런저런 계획이 많았는데 별로 해 먹인 것도 없고 그저 걷기만 하다 보낸 것 같아 많이 미안해. 애들 말로 '망한' 기분이야. 그럼에도 함께 나눈 시간은 행복했고 덕분에 크리스마스도 따뜻했다. 잘 도착했다니 고마워. 함께 지내며 찍은 사진을 보고 있으니 또 금세 기분이 말랑말랑해진다.

나는 크리스마스 전야에 함께 간 동네 교회가 특히 좋았어. 저마다의 소망이 담긴 촛불이 교회 주변에 하나둘씩 켜지기 시작하자 예배당 안에서 오르간 소리가 울려 퍼졌잖아.

찬송가 몇 곡과 축복이 담긴 신부님의 강독이 전부였던 간소한 성탄 축하 의식. 스웨덴 사람들의 95%가 루터교 신자인데, 루터교 의식은 이렇게나 담백한 것인가 보다, 하며 도란도란 이야기를 나누다 집으로 돌아왔었지.

이렇게 의식은 조촐해도, 아기 예수 탄생을 축하하고 가족의 건강과 행복을 기원하는 성탄절은 이곳 사람들에게도 종교와 명절을 아우르는 아주 중요한 가족 행사야.

집집마다 크지는 않아도 정성을 담은 선물을 크리스마스트리 아래에 쌓아놓고 하나씩 열어가며 서로 덕담을 주고받는다는구나. 하지만 선물이 조금만 비싸도 무척 부담스러워한대.

선물 이야기를 조금 더 할까? 어젠 재미난 구경을 했다. 짐작이 빗나간 게 아니라면, 이곳 사람들은 크리스마스 당일까진 가족과 친구들 선물을 챙기느라 자기 것을 사고 싶은 마음을 꾹 눌러두는 모양이야. 크리스마스가 지나고 26일이 되면 자기 것을 '지르기' 시작해. 거의 모든 상점이 서로 약속이나 한 것처럼 이날부터는 쇼윈도에 많게는 50%까지 가격 인하 전단을 붙인다. 그러면 조금은 의무적으로 느껴지던 명절 선물 거래에서 놓여난 사람들이, 만면에 활기를 띤 채 매장 안으로 밀려들어서는 신나게 물건을 고르는 거야.

스웨덴 각 역(스테이션)마다 자국 브랜드인 H&M 매장이 있는데, 여기 사람들은 이 브랜드를 참으로 사랑해서 즐겨 찾고 기꺼이 구입하지만, 중저가라는 장점 때문인지 한 번 사면 오래 입기보다

달라지는 유행에 따라 기꺼이 세컨 핸드숍(중고매장)에 기증한다.

중고매장에 기증하는 물품은 집 안에 있는 거의 모든 것이라고 보아도 좋을 만큼 다양한데, 흥미로운 건 못 쓰게 된 물건을 내놓는 게 아니라 한 번도 쓰지 않았거나 두세 번 손을 탄 깨끗한 물건들을 아주 염가에 내놓는다는 거야. 우리 부부처럼 잠깐 살러 오는 사람이나 형편이 넉넉지 않은 이주민들에게 이런 중고 매장은 그래서 최적의 쇼핑 장소야.

다른 나라 사람들이 부러워하는 모던하고 세련된 삶의 양식을 가진 북유럽, 스칸디나비아 사람들이 존재의 의미와 재미를 찾는 상당 부분이 쇼핑과 운동이라는 게 처음엔 의아했어. 거리에서 자주 볼 수 없던 사람들이 숍과 몰과 체육관에 그득그득한 걸 눈으로 확인하고 나서 더욱 그런 생각이 들었지.

하긴, 나도 이곳에 와선 세상에서 해야 할 일이 오로지 매일 세

끼를 만들어 먹는 일밖에 없는 것처럼 매일 장을 본다. 장 보는 내역은 단출해서 소비금액이 한 번에 1만 원을 조금 넘기는 정도지만. 이곳 사람들이 연휴가 끝난 허전함을 쇼핑으로 메우고 있다면 나도 네가 떠나고 난 허전함을 작게라도 물건 사는 거로 메우고 있는지도 모르겠다. 그리고 보면 이런 소소한 쇼핑이 사람에게 안정제로 작용하는 건 아닐까? 굳이 다른 핑계를 대자면 매일 물건을 사는 경제활동을 조금씩 나누어 하면서 이주민이지만 폐만 끼치고 있지는 않다는 걸 스스로 확인하려고 하는 건가 봐.

2016. 12. 28.

FROM MALAGA

스페인의 가로수는 오렌지 나무

지영아!

너도 알지? 내 친구 수영이. 남편과 내가 있을 때 스웨덴에 다녀가겠다고 열흘 전에 우리 집에 왔어. 내 친구 중에 수영이가 가장 씩씩하고 멋진 사람인데, 두 해 전에 몸에 병이 들어 좀 아팠어. 수술도 잘되고 요양도 해서 지금은 주말에는 농사도 지으며 건강을 되찾고 있어. 다행히 이번 여행에 부담은 없었다고 하는데, 오랜만에 봐서 그런지 조금 더 야위고 지쳐 보였어. 많이 먹지 못하고 밤에도 깊은 잠에 들지 못하더라고.

이 친구는 한때 아르바이트로 여행 가이드도 해서 세계 각지를 두루 다닌 편인데도 북유럽은 처음이래. 그래서 도착해서는 스톡홀름 곳곳을 여유 있게 둘러보고 다녔다.

수영이는 모든 요리를 다 잘해. 문득 감자를 듬뿍 넣고 조린 닭볶음탕이 먹고 싶어서 수영이 집에 찾아가 만들어 달라고 하면 금세 뚝딱 만들어주곤 했어. 그런 친구가 왔으니 이번엔 내가 맛있는 걸 해주려고 함께 장을 보는데 수영이가 배추를 고르더니 김치를 담가주겠다는 거야. 김치의 생명은 젓갈인데 젓갈

도 없이? 우리는 잠깐 고민하다 한인 마트에 가서 꼭 알맞지는 않지만 피시 소스 종류의 젓갈 비슷한 걸 샀어. 양념이 충분치 않았지만 그래도 구색은 갖추려고 밥으로 풀을 쑤고, 마늘을 빻아 넣고 고춧가루로 숨죽은 배추를 버무렸어. 그렇게 만든 김치로 밥 한 공기씩을 뚝딱 비우고 나머지는 맛이 들라고 비닐로 밀봉해두었는데 시간이 지나면 진짜 김치 맛이 날지 무척 궁금해. 맛보다 스웨덴에서 김치를 담갔다는 사실이 더 재미있고 보람차지만. 어때, 그럴듯해 보이지 않니?

그리고 마침내 우리는 스페인으로 떠났다. 바르셀로나로 들어와서 마드리드로 나가는 보름 일정 중의 한가운데 있으니, 오늘로 스페인 여행 일주일째야.

우리는 지금 말라가에 있어. 바르셀로나에서 발렌시아를 지나, 안달루시아를 거쳐, 어제는 이름만으로도 아련한 향수를 불러일으키는 알람브라궁전 안을 오래 걸었다. 여러 지명을 한 줄에 펼쳐 놓으니 마치 동네 마실처럼 쉽게 훅 지나가는 거 같지? 근데 사실이기도 한 게, 차를 렌트해서 이동하니까 하루에 도시 하나씩은 거뜬히

이동하게 되더라. 지역별 소요시간은 자동차 주행으로 5~6시간 정도?

광활한 스페인이라 도시마다 빛깔과 공기가 다르게 느껴지지만 공통점이 있다면 스페인의 가로수는 오렌지 나무라는 것, 이제껏 보아온 어떤 곳보다 하늘이 눈이 시리도록 파랗다는 것, 지구상에 존재하는 거의 모든 나라에서 여행객이 온 게 아닐까 싶을 만큼 인종이 다채롭다는 것, 그리고 무엇보다 겨울임에도 기온이 영상 10도에서 15도 사이를 오가니까 여행자들을 추위에서 해제시킨다는 거야.

하지만 여행의 즐거움은 뭐니 뭐니 해도 그 지역에서만 맛볼 수 있는 음식을 먹는 재미 아니겠어? 너도 알겠지만 스페인은 화려하고 풍부한 먹을거리로 유명하잖아. 안주 겸 한 끼 식사로 충분한 각종 타파스, 스페인 가정식인 파에야(특히 먹물 빠에야가 맛나다)가

여행자의 입맛을 사로잡지만 그중에서
도 돼지 뒷다리를 얇게 썬 하몽이 유명
해서 거의 아무 음식에나 곁들여 먹는
다더라. 특히 커다란 샌드위치에 넣어
먹으면 맛이 그만이라는데, 고기 맛을
잘 모르는 나는 그 맛을 제대로 음미하
지 못해 아쉽더라. 그래도 가격도 저렴
하고 크기도 부담스럽지 않아서 한국에

돌아가면 지인들에게 선물하려고 여러 개를 사기는 했어.

내일부턴 톨레도를 거쳐 세비야로 들어갈 거야. 어떤 스페인 여
행기를 보니 스페인에서 단 하루를 머무를 여정이라면 반드시 톨
레도를 가라고 하더군. 인터넷에 올라온 톨레도의 사진들을 찾아
보니 몇 장만으로도 과연 고도시의 아우라가 풍겨 나온다. 그래도
사진은 더 찾아보지 않으려고 해. 일단 자고, 날이 밝으면 사진이
아니라 진짜를 보면 되니까. 남편과 수영이는 값싸고 맛있는 스페
인 와인에 매료돼 벌써 한 병을 싹 비우고 두 번째 마개를 따는 중
인데 나는 자꾸만 하품이 나와서 먼저 방으로 돌아왔어.

이제 자야겠다. 너도 편한 밤 보내.

2017. 1. 12.

하루쯤은 이렇게 보내는 것도…

언니, 우리 생각보다 가까이 있었군요!

언니가 말라가에서 저번 편지를 보냈을 때 저는 리스본에 있었어요. 1월 7일에 어학원을 마치고 벨파스트를 거쳐 11일에 리스본에 도착했거든요.

찾아보니 리스본에서 바르셀로나까지는 비행기로 2시간. 비행기 삯 5만 원이면 언니를 볼 수 있었는데……. 아쉽고 약간 질투도 나요. 저랑은 못한 여행을 수영 언니하고만 했으니까요.

아마 외로워서 이런 생각을 하나 봐요. 본격적인 여행이 생각만큼 신나지만은 않더라고요. 리스본에 있을 때 외로움이 절정이었는데 지금은 조금 나아졌어요. 지금 있는 포르토라는 도시가 리스본보다 작고 덜 붐벼서 마음이 훨씬 편한 탓인가 봐요. 그래도 역시나 쓸쓸하고 힘이 드는지 몸살기까지 있어서 오늘은 오전 내내 방에서 뒹굴거리다가 오후 늦게야 나가서 점심을 먹고 숙소로 돌

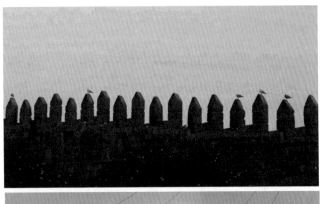

아왔어요.

　하루쯤 이렇게 보내는 것도 괜찮다고 저 자신을 위로해보지만, 여행 초반부터 힘이 빠지니 약간 의기소침해지네요. 갈매기들이 나란히 앉아 같은 방향을 보고 있는 재미난 풍경을 보며 기운을 북돋아 봅니다.

　벨파스트에서 찍은 쌍무지개 사진과 포르투갈 풍경 사진 몇 개로 짧은 안부를 대신하며…….

2017. 1. 19.

'알맞게' 밀어, '적당히' 썬 후에

지영아!

수영이는 오늘 한국으로 떠났어. 네가 여기에 짧게 머물다 떠날 때도 그랬지만, 2주나 함께 여행하던 수영이가 돌아가고 나니 집 안에 갑자기 정전이 찾아온 것처럼 적막하다. 나도 조만간 떠날 짐을 꾸려야 하니 돌아가면 다시 볼 텐데도 그러네.

수영이는 내게는 좀 이상한 친구야. 나보다 한 살 더 먹었는데 내가 처음부터 이름을 불러버려서 얼결에 친구가 됐어. 깡마른 체구인데, 짧은 커트 머리일 땐 성깔 있는 동네 형 같아. 술이나 먹으면 얘기를 늘어놓을까 보통 땐 별 말이 없고 감정표현도 잘 안 해. 마음 아픈 일이 생겨도 혼자 삭이고 미주알고주알 하는 법이 없으니 더 걱정된다고 할까.

여행하는 동안 스페인 와인이 싸다고 너무도 좋아하며 거의 매

일 술을 먹어대기에 그때마다 구박하곤 했는데, 떠나고 나니 뭐하러 그랬나 싶다.

　허전함을 메우는 데는 몸을 움직이는 게 최고. 오늘 저녁은 또 뭘 해 먹나 고민하다 책 사이에 끼워두었던 삐삐 엽서를 보고 마음을 정했어. 언젠가 세일 중인 작은 밀대가 너무도 앙증맞아 사다 두었는데 정말로 써먹게 될 줄은 몰랐네.

　볼 안에 밀가루를 넣고 물을 약간 부어 섞은 다음 적당히 치댄다. 그리고는 저들끼리 잘 붙으라고 냉장고에 넣어두지. 한 시간 정도 지나서 꺼내 보니 알맞은 상태로 폭신폭신해졌다. 반죽을 원형 판에 올리고 밀대로 쭉쭉 밀다 보니 쿠키를 만들어보고도 싶었지만, 뜨끈한 국물 생각이 더 간절해서 그냥 칼국수만 만들어 먹기로 했어.

알맞게 얇게 민 반죽을 계란말이 하듯 돌돌 말아 적당한 두께로 썬 후에(요리할 땐 왜 항상 '알맞게'와 '적당한'이라는 두루뭉술한 말을 쓸까, 하고 이상하게 여겼는데 나도 이 말을 쓰고 있네), 탈탈 털어 펼쳐놓고 살짝 꼬들꼬들해지기를 기다리면 돼. 그동안 멸치와 다시마를 넣고 국물을 우려내지.

한국에서라면 밀가루를 직접 반죽해가며 집에서 칼국수를 만들어 먹을 엄두를 내지 않았을 거야. 딱히 시간에 쫓기지 않는 주말에는 한 번쯤 만들어 먹었을 법도 한데 왜 여유를 부리지 못했던 걸까? 돌아보면 주말에도 귀찮은 생각에 외식하길 주저하지 않았던 것 같아. 한국에 돌아가면 바깥에서 사 먹는 횟수를 줄이고 집에서 더 자주 만들어 먹어야겠어.

모락모락 김이 나는 칼국수를 커다란 그릇에 담아내고 나니 먹음직스럽기가 다양한 음식이 놓인 왕후의 밥상에 비할 바가 아니다. 역시 양보다는 질이지.

다시 만나면 뭐든 만들어줄게, 지영아~.

2017. 1. 22.

미로 같은 골목길을 헤매며

언니!

저는 드디어 아프리카에 입성했습니다.

지금 제가 머무는 곳은 마라케시. 카라반들의 무역으로 활성화된 모로코의 옛 도시예요. 메디나라는 중심가, 그러니까 우리식으로 치면 서울의 사대문 안 같은 지역에 숙소가 있는데, 토박이들도 종종 길을 잃는다고 할 정도로 미로 같은 골목들이 거미줄처럼 펼쳐져 있습니다. 여기 머문 지 5일째 되는데도 매일 아침 숙소를 나서면 거리가 밤새 자기들끼리 자리를 바꾼 게 아닐까 하는 생각이 들 정도로 헷갈려요.

거리는 온통 황톳빛이에요. 볏짚을 넣고 황토로 지은 우리의 옛 집처럼 흙의 질감이 고스란히 남은 두터운 벽에는 작고 깊은 창만 나 있을 뿐 별다른 장식 없이 투박한 모습이에요. 온통 초록인 아일랜드를 지나 붉은 기와지붕의 포르투갈에 머물다 오니, 어떤 도

시 혹은 나라의 색을 결정하는 것은 땅의 색이라는 게 실감 나요.

하지만 이처럼 소박하고 투박한 건물들 사이를 직접 걸어보면 이곳에 그 어느 도시보다 화려한 빛깔이 숨어 있다는 것을 알게 됩니다. 옥상에서 늘어뜨린 카펫과 믿을 수 없이 높이 쌓아 올린 가지각색의 향신료들, 그리고 은으로 만든 각종 수공예품이 황톳빛 뒤에서 화려하게 빛나고 있거든요.

어제는 처음으로 혼자 다녔어요. 우연히 알게 돼 내내 같이 다니던 포르투갈 친구들이 다른 도시로 먼저 떠났거든요. 그런데 세상에, 걸어서 10분이면 도착하는 수크(메디나의 중심에 위치한 전통 시장 거리)까지 가는 데 족히 두 시간은 걸린 것 같아요. 분명 이틀 전에 친구들과 함께 다녀왔는데 도무지 길을 찾을 수가 없는 거에요. 결국 길을 알려주겠다며 쫓아다니던 동네 꼬마들에게 도움을 청하고 말았습니다.

그 여파인지 오늘은 감히 혼자서 길을 나설 용기가 안 나요. 덕분에 숙소에서 차려주는 모로코식 아침을 먹고, 옥상 테라스에 앉아서 언니에게 편지를 쓰며 여유로운 아침 햇살을 즐기고 있어요. 스태프들이 숙소를 정리하는 분주한 소리도 한가롭게 들리네요.

길을 잃는 게 겁나는 건 아니에요. 원래도 길을 잃고 헤매는 것에 그다지 스트레스를 받지 않는 데다가 의도하지 않은 곳으로 이끌리는 발걸음이야말로 여행의 정수라고 생각하는 편이거든요. 딱히 바쁜 일도 없고 시간도 많고 돈도 있으니 정해진 목적지로 못

가고 헤매더라도 그 또한 새로운 경험이잖아요. 게다가 이 도시는 길 찾는 걸 도와주겠다는 아이들로 넘쳐나니 정 안 되겠다 싶으면 그 아이들에게 도움을 청하면 되요. 어제 제가 그랬던 것처럼요.

그런데 사실 제가 밖으로 나갈 엄두를 못 내는 건 바로 그 아이들 때문이에요. 어제 아침을 먹고 혼자 숙소를 나와 마라케시 박물관으로 가려고 스마트폰을 들여다보고 있는데 한 아이가 다가와 어디로 가느냐고 묻더군요. 열대여섯쯤 돼 보이는 그 아이의 호의를 저는 '노 땡큐'라는 말로 거절하고는 구글맵의 안내를 따라 걷기 시작했어요. 하지만 모퉁이를 몇 개 돌고 나서 보니 출발했던 그 자리에 다시 와 있지 뭐예요. 제 앞에는 조금 전에 만난 그 아이가 빙글빙글 웃으며 서 있었고요. 그 아이는 어디를 찾는지 자기에게 말하라고, 자기가 도와주겠다고 다시 말을 걸더군요.

제가 그 아이의 두 번째 호의를 거절하지 못한 건 마법에 걸린 것처럼 자꾸 제자리로 돌아오는 그 골목을 빠져나갈 자신이 없어졌기 때문이기도 하지만, 그 아이가 그런 제 모습을 내내 지켜보고 있었고, 또 계속 지켜볼지도 모른다는 생각이 들었기 때문이에요. 결국 저는 그 아이의 도움으로 목적지에 도착할 수 있었어요. 마라케시 박물관은 생각보다 아주 가까이 있더군요. 하지만 제가 절대 들어설 생각도 안 한 골목만 골라 가는 그 아이의 뒤를 따르며, 그의 도움이 없었다면 영원히 그곳을 찾지 못했을 거라는 생각을 했죠.

그 아이에게 목적지를 이야기하며 당부한 게 있어요. .

"나는 너에게 돈을 주지 않을 거야, 왜냐하면 너는 거지가 아니니까. 대신 네가 나를 도와준 건 감사하니 네가 원한다면 차를 같이 마실 수는 있어."

이런 말을 한 건 모로코, 특히 마라케시 같은 관광 도시에서는 그런 호의가 공짜가 아니라는 말을 많이 들었기 때문이에요. 특히 십대 아이들이 관광객에게 접근해서 길을 알려준다고 하고는 박시시를 요구하는 일이 많대요.

저는 왜 선언이라도 하듯 박시시를 하지 않을 거라고 그 소년에게 말했던 걸까요? 관광객을 '봉'으로 생각하고 박시시를 당연하게 여기는 이들의 행태가 괘씸했던 걸까요? 혹은 이 아이가 이런 식으로 돈을 벌어 버릇하면 번듯한 일을 하는 대신 계속 이렇게 살아가게 될지도 모른다고 그 아이의 장래를 염려했던 걸까요?

하지만 얼마나 꼰대 같은 생각인지요. 또 제 제안은 얼마나 폭력적인 것이었는지요. 우선, 그 아이는 구걸을 한 게 아니잖아요. 노동을 제공하고 대가를 바라는 것이니 그 요구는 정당한 거죠. 그러니 팁이라고 생각하고 주면 그만이었어요. 그런데 저는 그를 거지나 다름없이 취급하면서 존엄을 지켜주겠답시고 그가 원하지도 않는 대가를 받으라고 강요했죠.

굳이 변명하자면 제가 팁 문화에 익숙하지 않아서라고 할 수 있을 거예요. 특히 우리 문화에서는 호의란 돈으로 보상할 수 없는 것이라고 여기잖아요. 호의를 물질로 갚는 걸 오히려 상대의 선의를 왜곡하는 무례한 행위로 생각하고, 마찬가지로 호의를 베풀고 그에 대해 대가를 요구하는 것도 품위 없는 행위라고 생각하죠.

런던과 포르투갈에서 제가 입었던 호의들을 떠올리며 이것이 문화 차이에서 비롯된 문제일지도 모른다는 생각을 합니다. 런던 지하철 계단 앞에서 캐리어 두 개를 두고 어쩔 줄 몰라 하던 저에게 먼저 다가와 도와준 (아저씨나 청년이 아닌) 아가씨도, 말이 안 통하는 저를 버스 정류장까지 직접 데려다준 신트라의 아저씨도 제게 어떤 대가를 청하지 않았어요. 오히려 그들은 연신 고맙다고 말하는 제게 환한 미소를 지으며 좋은 여행 하라고 인사해주었고, 그 친절 덕분에 런던과 신트라는 내내 좋은 인상으로 남아 있죠. 그 유럽인들과 이 아이들의 차이는 무엇일까요?

제 마음대로 추측하자면 가장 큰 차이는 근대적인 인간관을 내면화하고 있느냐의 여부가 아닐까 싶어요. 근대화된 나라에서는, 모든 개인은 다른 존재와 대체될 수 없는 독자적이고 자율적인 존재이며, 따라서 존엄하다고 여겨지죠. 이러한 개인의 존엄을 획득하기 위한 투쟁의 과정이 서구식 근대화의 역사라고 할 수 있을 테고요.

개인이라는 의식, 특히 존엄한 존재로서의 개인이라는 의식이 호의와 대가를 분리하여 생각하게 하는 것은 아닐까요? 선행은 존엄한 개인의 자발적 선택이기 때문에 물질로 대체할 수 없고, 나 자신이 존엄한 만큼 다른 사람의 존엄에 대해서도 살펴야 하는 거죠. 그렇기 때문에 근대화된 사회에 사는 사람들은 구걸하는 행위를 인간종 전체의 존엄성을 모욕하는 행위로 느끼는 거고요.

언젠가 언니가 말한 존엄에 기반을 둔 복지제도라는 것은 지극히 근대적인, 따라서 서구적인 발상의 산물인 것 같아요. 단독자로서의 개인이 부상하면서 공동체가 기능하지 못하게 된 근대 사회에서 찾은 대안인 거죠. 그런 이유로 복지제도는 수혜자의 존엄을 지켜주는 장치이기도 하지만, 다른 한편으로는 시혜자가 불편한 감정을 느끼지 않도록 지켜주는 장치이기도 하다는 생각이 들어요. 이를테면 도움을 청하고 도움을 받는 행위로부터 거리를 두게 함으로써 도움을 받는 입장에서는 모욕감을 느끼지 않게, 도움을 주는 입장에서는 불편함이나 자만을 경계하게 하는 거죠.

그런 근대적인 제도가 없는 모로코나 인도 같은 나라를 우리는 후진적이라고 말하지만, 여전히 신을 매개로 유지되는 그런 사회에서는 박시시가 재화를 분배하는 나름의 합리적인 제도가 아닐까요? 적선이나 호의에 대가를 바라는 행위를 자신의 존엄성과 연관 짓지 않으니, 이들은 우리와 달리 얼굴과 얼굴을 맞대고 하는 적선과 구걸을 별로 불편하게 여기지 않는 거고요.

근대 제도에 익숙한 저에게는 상대의 존엄에 신경 쓰고, 상대의 존엄이 훼손되는 것을 불편하게 여기는 게 자연스러운 일이었겠죠. 하지만 저들의 입장에서는 스스로 모욕당한다고 생각하지 않는 존엄을 지켜주겠다는 제 행위가 오히려 모욕적이었을 수 있겠다는 생각도 듭니다. 그러니까 호의란 당연히 무상이어야 한다는 제 생각을 강요했던 게 더 모욕적인 일인 거죠.

진짜 그런 것 같기도 해요. 박물관 관람을 마치고 숙소로 돌아오는 길에 저를 도와준 또 다른 아이는 제가 박시시를 하지 않자 매우 화를 내더군요. 결국 숙소 매니저 아마두가 그 아이에게 얼마를 쥐어 주고 나서야 놓여날 수 있었어요. 아마두를 붙잡고 한참 동안 화풀이 겸 하소연을 한 건 숙소까지 저를 따라온 그 아이에게 화가 났기 때문이 아니라 그 아이 덕에 졸지에 제가 인색한 사람이 되어 버린 게 화가 났기 때문이었어요.

아, 그래서 박물관에 데려다준 그 아이와는 차를 마셨느냐고요? 목적지에 도착하자 그 아이가 저를 근처의 한 카페로 데리고 가더군요. 딱 보기에도 제법 고급스러운 그곳은 마침 브레이크 타임이었는지 문을 닫았더라고요. 한 군데 더 갔는데 그곳도 문을 닫아서 결국 함께 차를 마시지 못했어요. 그랬으면 그 아이에게 얼마라도 박시시를 했어야 하는데 저는 그러지 않았어요. 그걸 보면 저는 그저 인색한 사람이 맞는가 봅니다.

그래도 용기를 내서 미로 같은 거리로 다시 나가봐야죠. 어제 철저하게 실패한 골목 탐험에 다시 도전해보려고요. 그리고 그 녀석들을 만나면 이번에는 제가 먼저 인사를 건네야겠어요.

*p.s.*_____ 조금 전에 숙소 매니저인 아마두가 제게 오더니, 오늘이 제가 마라케시에서 지내는 마지막 날이라 아쉽다며 돌아와서 술이나 한잔하자고 하네요. 투숙객이 주고 간 모로코 전통주가 있다는데, 술 구하기 어려운 모로코에서, 그것도 제 친구들이 떠난 이 시점에서 이런 '호

의'를 베푸는 게 심히 수상쩍기는 합니다. 이 나라에 공짜 '호의'는 없다는 것을 몸소 체험했으니 더 그래요. 하지만 겁 없는 저는 "Why not?" 하고 대답했어요. 세네갈에서 돈 벌러 여기까지 왔다는 이 친구와 술 한잔하면서 한 번도 가본 적 없는 또 다른 나라의 삶을 엿볼 수 있기를 기대해봅니다. (아, 그러고 보면 이제까지 한 말은 다 쓸데없는 말이고, 저는 그냥 공짜를 좋아하는 사람인가 봅니다.)

2017. 1. 26

여행이 깨트리는 것

지영아!

밤새 저들끼리 자리를 바꾼 게 아닐까 싶을 정도로 너를 헤매게 만들었다는 그 골목길을 나도 꼭 한번 가보고 싶네. 길을 알려주겠다는 소년을 거절하느라 골머리를 앓았다는 긴 이야기에서는 난감한 네 표정이 보이는 것도 같다.

그런데 더 궁금한 건 그 소년의 표정이야. 만일 그 아이가 네 머릿속을 들여다볼 수 있었다면 '아니, 이 여자는 여행 중이라면서 어떻게 저렇게 복잡한 생각을 머릿속에 집어넣고 다니는 거지, 무겁지도 않을까?' 하며 뜨악했을 거야. 두 사람 모두 내게는 재밌기만 하다.

눈에 거슬리는 상대의 행동을 '품위 없다'고 속으로 깎아내리며 내 식대로 재단해온 오랜 버릇. 나도 이런 거에 '도사'다.

길을 알려주고 돈을 받으려는 아이에게 차를 마시자고 한 네 제안은 나 역시 뜨끔하게 만든다. 구체적인 제안은 달랐을지 몰라도, 그 아이를 만났다면 나도 비슷하게 굴었을 거야. 배고파서 뛰어오는 아이에게 보기 좋게 얌전히 걸어오면 먹을 걸 주겠다는 조건부 승인과 무엇이 다를까?

우리가 배운 '교양'은 어쩌면 허례허식의 다른 말인지도 모르겠다. 매주 쏟아져 나오는 신간을 확인하고 그중에 몇 권은 구입해 읽고, 혹여 생각의 날이 무뎌질까 보낼 데도 없는 글을 끄적거리고, 잠들기 전에 몇 곡의 음악을 들으며 하루 동안 쌓인 먼지를 털어내지. 그런 건 누구와의 소통 없이도 가능하고, 지극히 나만을 위한 개인적인 의례인데, 매일 이런 보호막 안에만 머물려 든다면 '신간'에서 주워섬긴 지식과 지혜는 도대체 어디에 써먹으려는 걸까?

체온을 느낄 수 있는 상대의 손은 뿌리치면서 잡지 화보 속에서나 볼 법한 고상한 심플라이프를 교양이라는 이름으로 동경하는 나.

이런 까닭에 미역 줄기처럼 길게 딸려 나오는 네 생각에서 종종 내 모습을 봐. 너나 나나 여행을 발로 하는 게 아니라 머리로 하는 모양이야. 어딜 가면 순수하게 곧이곧대로 현재를 즐기지 못하고, 머릿속에 금세 집어넣고는 온갖 경우의 수를 대입해 해석하고 판단하려고 안달하지. 그런 걸 해야 의미 있는 시간을 보낸 것처럼 말이야. 이런 반성을 하면서도 하릴없이 또 책을 인용하는 내가 싫지만, 금세 고쳐진다면 그게 또 나겠어? 참나.

조르바가 묻는다.

우리가 어디서 와서 어디로 가는지, 그 이야기 좀 들읍시다. 요 몇 해 동안 당신은 청춘을 불사르며 마법의 주문이 잔뜩 쓰인 책을 읽었을 겁니다. 모르긴 하지만 종이도 한 50톤쯤 씹어 삼켰을 테지요. 그래서 얻어낸 게 도대체 무엇이오?

우리의 여행이 그간 우리가 해온 독서를 무용하게 만들고 사유의 패턴을 깨트린다 해도 아무 상관 없다는 생각이 들어. 이제라도 각자의 자리를 돌아보면서 굳어진 모습을 고쳐나갈 수 있다면 온갖 고생을 무릅쓰고 여행을 떠나는 이유로 충분할 것 같아.

2017. 1. 28.

마음이 움직이는 대로

언니!

숙소에서 5분만 걸으면 사하라 사막에 들어설 수 있는 이곳은 하실라비아드라는 작은 마을이에요. 마라케시에서 버스를 타고 12시간, 직전에 머물렀던 와르자자트에서는 버스로 9시간이 걸리는, 모로코의 깊숙한 곳에 있어요.

사막이 시작되는 경계를 따라 장방형으로 길게 펼쳐진 마을은 하도 작아서 한쪽 끝에서 걷기 시작하면 15분 만에 마을의 반대쪽에 다다를 정도예요. 이 마을은 순전히 사막 투어 때문에 만들어졌대요. 한때는 노마드 생활을 하던 사하라 사막의 원주민 베르베르족이 지금은 사막에 가고 싶어 하는 관광객을 대상으로 숙박업과 낙타 투어를 하며 생계를 이어가고 있죠.

오늘로 여기에 온 지 5일째 되었고, 당분간 여기에 더 머물기로 했습니다. 숙박을 연장하겠다는 말에 숙소 주인인 이디르가 신나

서 언제까지 있을 거냐고 묻는데 저도 모르겠다고 대답했어요.

세상에, 제가 기약 없는 여행을 하다니요! 원하는 게 뭔지 알아차리는 데 서툰 제가, 마음을 따르기보다는 해야 하는 일을 하는 데 더 익숙한 제가 '마음이 가는 대로 하는' 제 생애 최고의 로망을 실현하고 있습니다.

기약 없이 머물고 싶을 만큼 여기는 제 마음에 쏙 듭니다. 보이는 거라곤 끝없이 펼쳐진 오렌지 빛깔의 모래사막과 시커먼 돌멩이만 뒹구는, 여기 사람들이 블랙 데저트라고 부르는 황무지, 그리고 그 단조로운 색깔에 유일하게 생기를 불어넣는 초록의 마을 정원밖에 없지만 외롭다거나 쓸쓸하다는 생각은 하나도 안 들어요.

게다가 놀랍게도 사막은 생각했던 것처럼, 혹은 겉으로 보이는 것처럼 황량하거나 고요하지 않아요. 겉으로는 무뚝뚝하지만 속은 다정한 사람 같다고 할까요. 물론 마을 근처에서 가장 높은 모래 언덕에 올라 사방을 둘러보면 그 풍경은 지난 몇 년간의 제 마음처럼 아주 건조하고 막막해요. 하지만 눈으로 보이는 것과는 달리 '여기에 생명이 있다'는 것을 증명하기라도 하듯 온갖 소리들이 앞다투어 귀를 파고듭니다.

이를테면 눈으로는 아무것도 안 보이는데 어디선가 사람들의 말소리, 웃음소리, 음악 소리가 들려요. 그래서 자세히 살펴보면 개미만큼 작은 사람의 형체가 보이는 거죠. 야트막한 모래 언덕에서는 마을 꼬마들이 재주넘기 연습을 하고 있고, 마을 인근의 가장 높은 모래 언덕에는 관광객들이 석양을 기다리며 앉아 있고, 마을 청년들은 스마트폰으로 음악을 들으며 말 붙일 관광객이 없나 모래 언덕들을 어슬렁거리며 오르내려요. 사막 초입의 야트막한 모래 언덕은 주로 히잡을 쓴 여자들의 공간이고요.

이 사막은 저 같은 외지인에게나 신비롭고 이국적인 공간이지, 이곳 사람들에는 엄연한 삶의 터전입니다. 생각해보세요. 엄마에게 꾸지람을 들은 아이들은 모래 언덕으로 숨어들 거 아니겠어요. 여자들은 저녁 설거지를 마치고 남편 흉을 보러 모래 언덕으로 모여들 테고요. 아이들에게는 놀이터이고 여자들에게는 빨래터고 남자들에게는 사랑방인 이 사막에서는 저도 외롭지 않아요. 모래 언덕 위에 혼자 앉아 있어도 이런 소리들이 마치 옆에서 속삭이는 것처럼 작지만 선명하게 들리니까요.

내일은 드디어 사막 투어를 갑니다. 해 질 녘에 낙타를 타고 출

발해서 사막 한가운데에 있는 캠프에서 하룻밤 자고 다음 날 아침에 돌아오는 일정이에요. 보통은 숙소에서 알선해서 투숙객들이 함께 간다는데, 이 숙소에는 투숙객이 며칠째 저 혼자뿐이라 상황이 여의치 않았어요. 다른 호텔 측에 계속 알아봐달라고 했는데 오늘 아침에 이디르가 스페인 관광객 21명과 함께 갈지, 혼자 갈지 물어보더군요. 혼자 가면 위험하지 않겠느냐고 물어보니, 그런 일은 절대 없다고 하네요. 그렇다면 "Why not?" 아무 방해도 받지 않고 사막의 고요를 오롯이 혼자 만끽할 생각에 벌써부터 설레요.

언니는 벌써 한국으로 떠났나요, 아니면 떠날 준비를 하고 있나요? 아직 돌아갈 날이 한참 남아 있는 저로서는 집으로 돌아간다는 게 어떤 마음인지 감이 안 오네요. 그저 올 때처럼 갈 때도 홀쩍 돌아가길, 사막의 봄소식으로 배웅합니다.

2017. 2. 1.

182

여전한 내 공간으로

지영아!

네 말대로 난 훌쩍 떠났던 것처럼 훌쩍 돌아왔어. 작고 아늑한 옥탑 내 집으로 돌아오고 보니 좋기도 하지만 떠나온 곳의 시차가 몸에 남아서 다소 어지럽기도 하다.

영화 〈토이스토리〉처럼 주인 없는 사이에 저들끼리 놀다 자리를 바꾼 건 아닐까, 한동안 책장 위에 놓인 인형들을 눈여겨보았지만 기억 속 그대로이고, 반듯하게 개켜두고 간 침대 위 담요며 베개도 그 자리에 여전하다. 누가 어지럽힌 적 없는 공간인데도 온몸에서 땀이 쏙 배 나올 정도로 며칠 동안 쓸고 닦았어.

1년도 못 살았지만 그래도 먼 곳에 있다 왔음을 몸이 먼저 아는지 인천공항에 들어오던 날은 얼떨떨하더군. 공항버스를 타고 시내로 나오다 한국은, 아니 서울은 정말 사람이 많고, 멋없게 하늘 높이 치솟기만 한 아파트로 빼곡하고, 국적 불명의 문자가 새겨진

번쩍이는 간판을 머리에 인 상점들이 넘쳐나는 도시라는 걸 새삼 깨달았다. 시내 한복판에 진입해서는 차량 정체로 차들이 꼼짝을 못하고 꼬리에 꼬리를 무는데 여기저기서 빨리 가지 않는다고 요란하게 경적을 울려대니까 정신이 쏙 빠지더라. 떠나기 전까지 매일 출퇴근하며 무감하게 접해온 풍경을 뭘 이렇게까지 낯설어하는지. 그런 내가 어쩐지 간사하단 생각에 한동안 눈을 감았지. 그리고 그 순간 간절하게 먹고 싶은 걸 떠올렸어.

돌솥으로 갓 지은 고슬고슬한 밥이 눈에 아른거리더라. 전기 압력솥에 갓 지은 찰진 밥도 좋긴 하지만 뜨거운 불 위에서 익혀 쌀 한 알 한 알에 윤기가 도는, 김이 모락모락 나는 쌀밥 말이야. 결국 짐을 어느 정도 정리하고 좋아하는 밥집을 찾아갔어. 이 밥은 반찬도 필요 없더라. 한 술을 입 안에 넣고 천천히 씹는데 씹을수록 배어 나오는 쌀 특유의 단맛에 눈물이 핑 돌더라니까. 허기졌던 것도 아닌데 며칠 굶은 사람처럼 정신없이 먹었어.

지영아, 넌 사막을 즐기고 있구나. 놀라워라! 그 '노오란' 벌판을 마주하며 느긋한 일상을 즐기고 있다니. 세상에는 보기만 해도 곧장 기분 좋아지고 행복감에 젖어 드는 풍경이 차고 넘치는데, 어쩐지 사막은 내게 정반대의 감정을 안겨주는 곳이거든. 한없이 펼쳐진 모래는 물기 없는 늪 같고 매끄러운 표면은 털이 수북한 순한 괴물의 등 같아. 사막에 대한 이 괴상한 이미지는 꽤 오래된 내력이라 내가 여전히 사막 여행을 꿈꾸지 못하는 이유이기도 해. 네

말대로 그곳 사람들에게 사막은 삶의 터전일 텐데, 그러니 내 망측
한 두려움은 또 얼마나 기가 차고 터무니없는 것이냐.

2017. 2. 3.

FROM
SAHARA DESERT

여행지에서
친구를 사귄다는 것

언니!

제가 오늘 여기에서 누구를 만났게요? 마
라케시에서 함께 다녔다고 얘기한 포르투갈 친구들 있죠? 그 친구
들을 이 사막에서 다시 만났지 뭐예요! 저보다 이틀 먼저, 제 루트
와는 반대 방향으로 출발한 이 친구들이 마침내 이 사막에 당도했
다는 소식을 듣고 버선발로, 아니 이디르가 모는 스쿠터를 타고 친
구들이 머무는 숙소까지 달려가서 함께 점심을 먹으며 신나게 수
다를 떨고 돌아왔어요.

이 친구들, 아니 우리식으로 말하면, 이 언니들을 처음 만난 건
마라케시 공항에서였어요. 제가 먼저 말을 걸었죠. 순수한 의도는
아니었고 지푸라기라도 잡아야 할 상황이었거든. 같은 비행기
를 타고 온 다른 사람들은 호텔에서 마중 나온 차를 타고 모두 떠
나는데 제가 예약한 숙소에서만 감감무소식이었던 거예요. 픽업

186

하러 올 것만 믿고 아무것도 알아보지 않았던 터라 시간이 지날수록 초조해지더군요.

주변을 둘러보니 50대 여자 두 명도 아까부터 누군가를 기다리고 있더라고요. 저처럼 호텔 서틀을 기다리는 것 같길래 정 안 되면 택시라도 같이 타고 갈 속셈으로 말을 걸었죠. 마침 같은 숙소를 예약했다고 해서 어찌나 안심했던지. 이 언니들만 쫓아가면 어떻게든 숙소까지는 무사히 가겠구나 싶었죠. 다행히 잠시 후 호텔 승합차가 왔고 우리는 함께 차를 타고 가며 이런저런 이야기를 나눴답니다.

어린아이같이 장난스러운 웃음을 가진 쪽이 다알리아, 차분하고 이지적인 인상을 가진 쪽이 파울라예요.

승합차 안에서 다알리아가 물었어요.

"괜찮으면 우리랑 같이 다닐래?"

"Really? Why not? It's my big pleasure."

이 언니들이 아니었다면 저는 마라케시의 넘쳐나는 에너지에 주눅이 들어 제대로 돌아다니지도 못했을 거예요. (기억하죠? 제가 이 언니들과 헤어진 바로 다음 날 어떤 일을 겪었는지?) 여행 경험도 많고 프랑스어와 영어도 잘하는 이 언니들 덕분에 오래된 좁은 골목도, 세계 최고의 장사수완을 발휘하는 모로코 상인들도, 해 질 녘의 시끌벅적한 젬마엘프나 광장도 즐기며 다닐 수 있었어요.

만약 제가 말을 걸지 않았다면, 그리고 이 언니들이 기꺼이 저를 자기들 틈에 끼워주지 않았다면 같은 비행기를 타고 온 줄도 모르고 각자 제 갈 길을 갔겠죠? 아니, 같은 숙소에 머물렀으니 마주치기는 했겠네요. 하지만 눈인사 정도만 하고 지나쳤을 거예요. 그런데 다급한 마음에 건넨 말 한마디가 인연이 되어 사흘 동안 같이 여행을 다니고, 사막에서 이렇게 다시 만나게 되다니 신기한 일이죠.

사실 이게 처음은 아니에요. 리스본에서도 딱 한 번 만난 사람에게 제가 먼저 밥 먹자고 했다고 말했던가요? 무척 외로웠거든요. 더블린처럼 아담하고 조촐한 곳에 있다가 크고 화려한 도시에 가서 그런지 고립감을 참을 수 없더라고요. 급기야 코메르시우스 광장에서 황홀한 노을을 보고 돌아온 날, 제가 머물고 있던 에어비앤비의 주인장 줄리아에게 저녁 식사를 청했어요. 언니에게도 먼저 만나자는 말을 선뜻 못 하는 제가 말이에요.

　물론 줄리아가 호감 가는 사람이 아니었다면 엄두도 못 냈을 거예요. 처음 숙소에 도착한 날, 줄리아는 저를 기다리고 있다가 지내는 동안 필요한 이런저런 것들에 대해서는 물론, 리스본 관광에 대한 정보도 알려주었어요. 뿐만 아니라, 혼자 온 여행객이 마음 쓰였는지 매일 밤 리스본에서의 하루가 어땠는지 안부를 묻더라고요. 그녀의 집에 머무는 5일 내내 누구와도 나눌 수 없었던 여행의 감흥을 줄리아에게 털어놓으면 그녀는 다음 날의 행운을 빌어주곤 했죠. 사업적인 마인드에서 나온 친절이었을지도 몰라요. 하지만 그러한 따뜻한 마음 씀씀이가 그 당시 제게는 얼마나 위안이 되던지요.

다행히 줄리아도 초대에 흔쾌히 응해주었고 식사 시간도 유쾌했답니다. 줄리아, 줄리아의 친구와 함께 타구스 강변에 위치한 로컬 식당에서 맛있는 포르투갈 해산물 음식에 샹그릴라를 곁들이며 마치 오랜만에 만난 친구들처럼 마음껏 웃고 신나게 수다를 떨었지요.

본격 여행을 시작한 지 보름 만에 제가 알게 된 좋은 사람들이 다 포르투갈 사람이었다는 것은 우연이겠죠? 하지만 이들이 모두 50대의 여성들이었다는 건 우연이 아닐지도 모르겠어요. 기꺼이 낯선 사람의 식사 초대에, 그것도 주말의 저녁 식사 초대에 응하고, 또 자신들의 여정에 낯선 여행객을 끼워주는 건 50대의 여자들이 가진 여유로움 때문이 아니었을까요? 저 또한 이들이 여성이 아니었다면 이들을 제 여행에 초대하지 않았겠죠. 저보다 어린 여성들이었다 해도 주저했을 거예요. 부담을 주지 않을까 싶어서 말이죠.

이들의 여유는 어디에서 온 것일까요? 나이? 문화? 성별?

얼른 나이가 들어 아줌마가 되었으면 좋겠다는 생각을 한 적이 있어요. 그때 제 머릿속에 있던 아줌마의 이미지는 오지랖이 넓고 다소 주책스럽지만 관대하고 타인을 살필줄 아는 모습이에요. 이를테면, 지하철에서 옆자리의 대화를 듣고 있다가 "그래서 미역은 어디 게 좋다고요?"라고 물어볼 수 있고, 같은 엘리베이터를 탄 청년의 옷에 붙은 먼지를 떼어줄 수 있고, 장바구니에서 꺼낸 귤 세 알을 경비 아저씨 손에 쥐여 줄 수 있는 그런 모습 말이에요. 이런 이미지 또한 전형적으로 재생산된 여성의 이미지일지도 모르겠지만요.

제가 만난 네 명의 친구들이 모두 우리가 생각하는 전형적인 가족 관계를 갖고 있지 않다는 것도 중요한 점인 것 같아요. 물어보지는 않았지만 다들 자식은 없는 것 같고 남자친구랑 동거하거나 혼자 살고, 다알리아만 유일하게 기혼인데 남편도 30대 후반에서야 만났대요. 바로 그런 이유로, 그러니까 우리 식의 가족 관계가 삶의 전부가 아니기 때문에 가족이 아닌 사람과 주말 저녁을 함께하거나 친구와 3주간이나 여행을 할 수 있는 건지도 모르겠어요.

어쨌거나 나이가 들어 가족 말고도 여행이나 주말 밤을 함께할 친구가 있다는 건 참으로 멋진 일인 것 같아요. 언니와 저도 그렇게 함께 늙어갈 수 있겠죠?

p.s. _____ 사막 투어 후기는 사진으로 대신합니다. 말이 필요 없고 말로 표현할 수도 없거든요.

2017. 2. 5.

태어나줘서 고마워!

지영아!

헤아려보니 내일이 네 생일이구나. 오래 전에 2월 24일이 생일이라는 말을 듣고 구구단 '2×2는 4'를 속으로 읊었던 거 같아. 어느 해는 잊고 지나가는데, 또 어느 해는 불현듯 생각이 나. 기억에 무슨 법칙이 있는 건 아닌 거 같은데, 좀 덜 분주하고 주변을 돌아볼 여력이 있으면 기억망에 걸리고 아니면 휙 지나버리는가 봐. 네 맘에 쏙 들 선물을 하고 싶지만 그저 음악 몇 개에 축하하는 마음만 담아 보낸다.

간혹 네가 보내오는 시리도록 파란 하늘과 수평선 같은 사막을 보고 있으면 메마른 내 몸도 물이 드는 듯 촉촉해져. 이 동그란 지구 어느 표면, 네가 밟고 있을 그 땅 위에도 해가 비추고 비가 내리고 바람이 불겠지. 다시 돌아온 이곳에서 나는 하릴없이 바쁘고,

언제 그리 먼 곳에 머물렀을까 싶게 무연해진다.

　스웨덴을 떠올리면 가장 먼저 생각나는 건 아파트 창가에서 내려다보던 나무야. 그곳에 있을 땐 잠에서 깨어나면 주방으로 가서 물을 한 잔 마시고 창밖의 이 나무를 바라보는 일로 하루를 시작하곤 했어. 흐린 날의 나무와 빛이 들어 자기 그림자를 만든 나무, 눈 맞은 나무는 모두 달랐어. 순전히 내 기분 상태에 따라 달리 보였겠지만 매 순간 이 나무를 사랑했지.

나무 옆에는 늘 자전거들이 세워져 있는데 눈을 맞은 자전거는 마치 순하디순한 사슴처럼 보이기도 한다. 그래서 순록인가.

지영아, 네 말대로 나이 들어 가족 외에 함께할 친구들이 있다는 건 축복이야. 나를 돌아보면, 솔직히 학교 동창 중에는 친구라 할 만한 이가 몇 없다. 왜 그런 경험 있지 않니? 졸업 후 사회에 나와 정신없이 일하다 가끔 학창시절 친구들은 만나면 반갑기는 하지만 1시간도 못 돼 슬슬 지루해지던 거 말이야.

추억은 아련하고 달콤한 것이지만 졸업 후 몇 년이 지나도록 같은 기억만 곱씹을 순 없는 노릇이고, 그 시절이었기에 저지르도록 허락됐던 기이한 행각(?)도 매번 반복해서 말하다 보면 더는 기이하게 여겨지지 않잖아.

나는 언제부턴가 사회에서 만난 친구들과 있을 때가 훨씬 즐거운데, 왜 그럴까 곰곰이 생각해보면 일의 현장에서 벌어지는 일련의 '사태'를 함께 겪고 거기에서 비롯된 고민의 결이 비슷하다는 것을 자주 확인하기 때문인 것 같아. 심지어 그걸 핑계로 술도 자주 마시고 회포도 풀잖아.

그렇게 떠나온 곳의 기억은 점점 옅어지는데 '지금-여기'의 관계는 두터워지는 거지. 그런 면에서, 관심을 쏟고 사랑한다는 것은 움직이는 조류에 올라타는 행위가 아닐까? (쓰고 보니 나는 정말 현실적인 사람인 것 같다.)

어쨌든 친구에 대한 내 생각을 마무리하자면, 내 손 안엔 너를

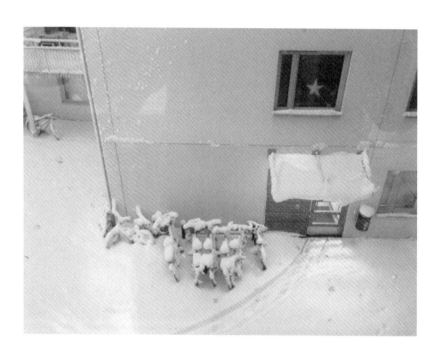

혜칠 것이 아무것도 없다며 빈손을 내밀며 다가오는 모든 생명은 친구가 될 수 있다고 생각해.

네가 만난 포르투갈 출신의 언니들처럼 너와 나도 사는 동안 끈끈한 사랑과 우정을 나누며 향기롭게 늙어가면 좋겠어.

태어나줘서, 고마워.

2017. 2. 23.

사막의 리듬에 몸을 맡긴 채

이제는 가족도 잊고 지나가는 생일을 챙겨주는 언니, 고마워요!

생일이 뭐 별거냐는 마음으로 흘려보내는 나이가 되었지만 잊지 않고 기억해주는 사람이 있다는 게, 그리고 그게 언니라는 게 사실은 참 좋아요.

사막 마을에 머문 지도 어느새 한 달. 생활에 서서히 리듬이라는 게 생기기 시작하네요. 한없이 헐렁하고, 느리고, 단조로운, 그러나 충만한 리듬. 한 번도 타보지 못한 리듬이죠.

저의 하루는 대략 아침 6시 반쯤 시작됩니다. 아침 먹기 전까지는 주로 침대에서 책을 읽어요. 언니 말대로 전자책은 이물감이 있지만 불을 켜지 않고도 따뜻한 이불 속에서 읽을 수 있다는 장점이 있더군요. 요즘 읽고 있는 책은 우에노 치즈코의 『여성 혐오를

혐오한다』와 아모스 오즈의『사랑과 어둠의 이야기』 어제는『사랑과 어둠의 이야기』에서 비가 올 때만 흐르는 와디와 사막의 냄새에 대해 이야기하는 부분을 읽으며 주인공이 예루살렘 근처의 사막에서 맡은 냄새와 제가 이곳 사막에서 맡은 냄새가 같을지 궁금해 했어요.

아침은 대략 9시 반쯤 먹는데, 하루에 두 끼밖에 안 먹기 때문에 양껏 먹어둬야 해요. 세 가지 종류의 잼과 베르베르식으로 직접 구운 빵, 버터와 치즈, 커피, 오렌지 주스, 베르베르 민트차, 요거트에 디저트 케이크까지 먹고 나면 배가 든든하죠. 베르베르 빵은 어찌나 맛있는지, 한 달을 먹어도 질리지 않아요.

아침을 먹고는 마을 정원으로 산책하러 나갑니다. 마을과 사막 사이에 길게 놓여 있는 이 정원은 좁은 도랑을 따라 양쪽으로 밭을 잘게 구획하여 일궈놓은 건데, 집집마다 자기 밭이 있어 삽으로 물꼬를 터서 자기 밭으로 물을 대기도 하고 또 물꼬를 막기도 하면서 콩이나 당근, 파 같은 먹거리들을 키워요. 이 도랑의 물은 사막에서부터 끌어오는 거래요.『어린왕자』의 조종사가 어린왕자를 처음 만나던 장면의 우물이 이렇게 생겼을까 싶게 생긴 우물들이 사막 한가운데서부터 마을까지 일정한 간격을 두고 이어져 있어요.

이 오아시스는 제가 상상한 오아시스랑은 전혀 다르게 생겼지만 마을 사람들에게는 진정한 의미의 오아시스와 다름없어요. 작물에 물을 대줄 뿐 아니라, 날짐승과 길짐승은 물론 사람들까지도 이 물로 목을 축이니까요. 아이들은 채 자라지도 않은 어린 당근

201

을 뽑아서 바로 옆에 흐르는 이 도랑의 물에 씻어 먹고, 관광객을 데리고 모래 언덕 투어를 다녀온 마을 청년들도 모래바람으로 깔깔해진 입안을 이 물로 씻어내죠.

빈터에는 야자나무뿐 아니라 온갖 과실수들이 자라요. 높게 뻗은 야자나무는 바람이 불 때마다 바다 소리를 내며 새들을 불러 모으고, 만개한 아몬드꽃이며 매화는 달콤한 향기를 내뿜으며 꿀벌들을 불러 모으죠. 이 꽃들이 지고 열매들이 익는 계절이 오면 아이들의 군것질거리는 더 풍부해지겠죠?

이 정원 사이를 거닐다 보면 제 몸의 감각기관이 저절로 열리면서 온갖 소리와 냄새, 그리고 감촉들이 스며드는 걸 느낄 수 있어요. 언니가 준 존 버거 책의 이 구절이 딱 어울리는 장면들이죠. "말의 부재는 모든 것이 끊김 없이 이어져 있음을 뜻한다."

이 모든 게 너무 아깝고 좋아서 1.5km쯤 되는 수로를 끝까지 걸어갔다가 천천히 돌아와요. 그러고도 모자라면 밭과 밭 사이의 고랑들을 따라 걷고, 그러고도 아쉬워 허물어진 담벼락 아래에서 한참을 앉아 있다 오곤 해요. 눈을 감은 채 얼굴에 쏟아지는 햇살과 바람을 따라 흔들리는 잎사귀들의 그림자를 느끼고 있노라면 저도 어느새 한 그루 나무가 되는 것 같아요.

산책을 다녀와서는 주로 그림을 그려요. 단조로우면서도 시시각각으로 달라지는 풍경들을 부지런히 사진에 담으려고 애쓰는데, 제 실력으로는, 그리고 스마트폰 카메라로는 담을 수 없는 풍경들도 많더라고요. 별이 빛나는 밤하늘이라든지, 해 질 녘의 하늘빛이라든지, 모래 언덕들이 만들어내는 리듬 같은 것들 말이에요. 그래서 사진에 담지 못한 아쉬운 장면들을 그림으로 표현해보고 있어요.

오후 4시쯤 점심 겸 저녁을 먹고 다시 숙소를 나섭니다. 그날그날의 기분에 따라 어떤 때는 모래사막으로, 어떤 때는 검은 사막으로 가요. 태양의 기울기에 따라 땅의 색깔이 변하는 모습을 바라보는 일도 멋지지만, 끝이 안 보이는 공간을 걷다 보면 정말 묘한 기분이 들어요. 특히 검은 사막은 아무도, 아무것도 없는 공간이라 더 그래요. 텅 비어 있는 땅과 그 위로 오로지 하늘만 펼쳐진 공간은 그야말로 순수 공간, 혹은 공간의 이데아가 있다면 이렇지 않을까 싶은 모습이에요. 그런 공간을 걷다 보면 시간 감각도, 거리 감각도 완전히 사라지고, 그대로 하나의 점이 되어 갑자기 소멸할 것 같은 느낌도 드는데, 그런 식으로 사라진다면 사라지는 것도 나쁘지 않겠다는 생각을 해요.

그렇게 해가 저물고, 별이 뜰 때까지 한참을 걷다 숙소로 돌아오면 7시쯤. 농담이 아니라 정말 귓구멍 속이랑 입안까지 온통 모래투성이에요. 뜨거운 물로 씻어내고 바로 침대에 들어가면 그것대로 또 천국. 방에 테이블이 없는 게 좀 아쉽지만 두꺼운 털 담요를 세 개나 끌어당겨 쌓은 뒤 베개 위에 노트북을 올려놓으면 그럭저럭 쓸 만해요. 이 시간에는 주로 글을 썼어요. 친구들에게 편지를 쓰거나 오래 묵혀둔 작품을 고치기도 하고 정체 모를 글들도 끄적거려요.

잠자기 전에 하는 저만의 예식도 있어요. 매일 옥상에 올라가서 하늘을 올려다보고 오늘은 별이 몇 개나 떴는지 세어보는 거예요. 운이 좋으면 별똥별도 볼 수 있어요. 별도 별이지만 옥상에서 노란 가로등 불빛에 감싸여 고요히 잠든 마을을 내려다보는 일은 눈으로 보는 자장가 같답니다.

사실 오늘 아침 여기를 떠나야 했어요. 내일 바르셀로나로 가는 비행기를 예약해두었거든요. 바르셀로나에서 한 시간쯤 떨어진 지로나라는 곳에 사는 학원 친구에게 놀러 갈 계획이었어요. 공항이 여기에서 버스로 12시간 떨어진 페스라는 도시에 있으니 오늘은 버스를 탔어야 했는데……. 버스를 타기는커녕 언니에게 이 편지를 보내고 나서 캠프에 가기로 오늘 아침에 마음을 바꿨지 뭐예요.

오늘 갈 곳은 사막의 여러 캠프장 가운데 가장 크고 번화해서 사하라의 젬마엘프나라 불리는 곳이에요. 마라케시의 젬마엘프나 광장을 본뜬 이름이래요. 별이 쏟아지는 사막도 보았고, 보름달 아래 비현실적일 정도로 눈부신 사막도 보았으니 이번에는 시끌벅적 축제가 벌어지는 사막을 볼 차례입니다. 오늘은 낙타를 타지 않고 '카멜 맨(camel man)' 친구를 따라 걸어서 가볼 생각이에요. 저를 기다렸을 학원 친구에게는 미안하지만 저는 아무래도 여기가 체질인가 봅니다.

p.s. 온통 황톳빛인 이 마을의 유일한 치장거리는 색색깔의 화려한 대문입니다. 마을 사람들이 하루를 시작하기 전에 부지런히 일어나 마실을 나가는 건 이렇게 예쁜 남의 집 대문을 몰래 찍는 재미 때문이랍니다.

2017. 2. 28.

일상모드로 전환 중

지영아!

네가 몰래 찍었다는 남의 집 대문을 한 자리에 모아놓고 보니 사람 사는 곳의 내부로 들어서기 위한 대문이라기보다 낯선 곳으로 인도하는 비밀 통로 같구나. 하늘에서 너 있는 곳을 내려다본다면 끝 모를 검은 사막에 점처럼 박혀 있는 네가 보일까? 모쪼록 지치지 않게 잘 먹고 충분히 쉬면서 걷길.

난 요즘 매일 마감이 정해진 보고서를 만드느라 각종 자료와 참고문헌들에 둘러싸여 있어. 한국으로 돌아온 뒤 이전에 영화 만들던 일에서 정책 보고서를 쓰는 일로 업무가 바뀌었어. 8년이나 해왔던 영화 만드는 일을 떠나자니 아쉬움이 크지만 늘 그 자리에만 있을 수도 없는 노릇.

지금은 어떤 기분이냐면, 여전히 같은 학교에 다니고 있긴 한데 반이 달라지고 보니 모르는 얼굴들이 많아 좀 낯설어하는 중이랄까. 담임선생님도 반장도 쉽게 마음을 내주지 않는 사람들인 것만 같아 어렵기만 한데, 주위를 둘러보면 사람들은 백만 년 전부터 한 자리에서 일해 왔다는 듯 안정적이고, 무심하고, 때로 서운하게 굴어.

그런 곳에 던져진 사람이 해야 할 일은 얼른 자기 자리로 돌아가서는 아무렇지도 않은 척 모니터를 들여다보는 거야. 그러다 보니 또 언제 헤맸을까 싶게 조금씩 적응해가고 있네. 날 풀리듯, 시계태엽 풀리듯 긴장에서 놓여나는 날이 어느 결에 오겠지.

네가 우에노 치즈코의 『여성혐오를 혐오한다』를 읽고 있대서 반가웠어. 내 책상 위에도 그 책이 놓여 있거든. 돌아와서 내가 맡은 주제가 타인에 대한 '혐오'야. 걷잡을 수 없을 만큼 심각해진 타인에 대한 미움, 불편하다고 모른 척한다면 끝내 이르고야 말 물리적인 폭력을 근절하는 것까지는 못해도 어떻게 하면 예방하거나, 보호하거나(피해자), 규제할 수 있을 것인지 방안을 모색해보는 일이야.

사실 막막해. 마치 세상의 악에 맞서 "어어, 이봐, 이제 그만 그 말이라는 칼을 내려놔" 하고 외치는 기분이랄까? 일이 아니라면 정신 건강을 위해서라도 절대 들여다보고 싶지 않은 주제이지만 관련된 국제 사례들과 국내 실태를 읽어가며 사안의 심각성을 가늠하는 중이야.

남들은 이미 다 올라가 있는 것만 같은 나무에 자신은 도저히, 죽었다 깨어나도 오르지 못할 거라는 불안감으로 고통 받는 사람들이 점점 늘어나고 있다. 이들은 거기서 비롯된 좌절과 분노를 말단의 약자에게 퍼붓는데, 문제는 이들이 가해를 멈출 의지도 없고, 멈출 방법도 모른다는 거야.

가해하는 입장에선 이 세상이 누구도 피해갈 수 없는 경쟁 사회라 먹고살기 힘든 건 다 마찬가진데 장애인이라고, 여자라고, 이주민이라고 특혜(?)를 주는 건 형편에 맞지 않는다는 거지. 자신에게도 동일한 혜택이 온다면 모를까.

그렇게 자신을 제어할 합리적인 이성은 사라지고 공격성으로 똘똘 뭉친 육체만 남아 자기보다 약한 상대만을 고른 뒤 끈질기게 괴롭힌다. 더 무서운 건 그렇게 누군가를 괴롭히면서 서서히 자신마저 망가뜨리고 있다는 사실을 모른다는 거야. 이런 구조에서는 그 누구도 발 뻗고 편히 잠들 수 없어.

이미 '직장 트랙'에 올라탄 사람들은 수시로 어떤 죄의식을 느낄지도 몰라. 학교에서 학생들을 매일 만나는 너는 더욱 실감하겠지만 나 역시 이런 책들을 읽어 내려가다 보면 누구에게인지 딱히 모르면서 자꾸만 속으로 미안하다, 미안하다 하고 되뇌게 되거든. 네가 곧 돌아올 한국의 단면은 이런 모습이야. 잿빛 구름이 하늘을 온통 뒤덮어 대지로 반사될 빛이 없으니 땅이 빛나질 않아.

이런 무거운 주제와 씨름하다 고갤 들어보면 어느새 퇴근 시간.

한없이 가라앉는 몸을 가누고 집에 돌아와 그대로 침대에 낙하. 한동안 그러고 있다가 정신을 가다듬고 저녁을 준비해. 밥 먹는 데 음악이 거드니까 이런 저녁도 그런대로 좋아.

설거지를 마치고 차를 우려내면서 스웨덴 사진을 꺼내본다. 그곳에서는 들판을 걷다 보면 이름 모를 꽃들이 지천을 이루고 있었어. 그곳 사람들은 꽃을 살 필요 없이 들판이 주는 선물을 한 아름 안고 돌아와 이렇게 꽃병에 꽂아두더라. 그래서 나도 따라 해보았지. 오늘은 늦도록 이 꽃을 보다 자야겠다.

*p.s.*_____ 너도 뉴스를 봐서 알겠지만, 2017년 3월 10일 오늘은 현역 대통령이 탄핵당한 날이다. 헌법재판관이 탄핵결정문을 읽어 내려가는 뉴스를 생중계로 보고 있는데도 도통 믿기지 않더라. 가히 역사적인 날인데, 이렇게 '믿기지 않는 날들'이 모여 '역사'가 되는 모양이야.

2017. 3. 10.

사막의 시간은 이렇게 흐릅니다

언니!

한국은 완전히 딴 세상 같아요. 가끔 뉴스를 보기도 하지만 실감이 안 나요. 이곳의 비현실적인 풍경이 더 현실적인 것 같기도 하고요. 천년만년 여기에서 살 것도 아니면서 한국 일에 대해 아무려면 어때, 하는 마음이 드니 이러다가 영영 안 돌아가겠다고 할까 걱정이네요.

어제는 오후 산책을 다녀오는 길에 초승달을 봤어요. 제가 이 마을에 처음 온 날 저녁에 보았던 달도 초승달이었으니 달이 지구 주위를 두 바퀴나 돌았다는 뜻이겠지요.

이 작은 동네에 머물며 가장 많이 체감하는 게 바로 이런 거예요. 제가 우주의 중심에 서 있다는 느낌, 혹은 시간을 눈으로 보고 있다는 느낌 같은 거요. 이를테면, 어제만 해도 같은 시각 그 자리

212

에는 샛별만 반짝거리고 있었는데 오늘은 달이 있는 거죠. 하루라는 시간만큼 도톰해진 달이 딱 그만큼의 거리를 움직여 온 거예요. 그러니 이 두께와 거리가 하루라는 시간의 시각적 현현이 아니고 무엇이겠어요?

혹시 언니는 기억하나요? 초승달과 그믐달의 차이와 각각 몇 시쯤 어디에서 떠서 어디로 지는지를요. 초순이냐 중순이냐에 따라, 그리고 계절에 따라 달의 위치와 모양이 바뀐다는 것을 지구과학 시간에 배웠던 것 같은데 지금 생각해보면 그때는 그게 무슨 말인지 하나도 이해하지 못하고 외우기만 했던 것 같아요. 기억나는 건 투명한 반구 가운데에 지구가 있고 모양이 조금씩 다른 달 여러 개가 반구를 따라 나란히 그려져 있던 그림뿐. 그런데 여기에 와서, 이 나이가 돼서야 하늘과 별과 달의 움직임에 대해 알게 되네요. 알고 나니 그건 이해의 문제도 아니고 암기의 문제도 아닌 관찰, 아니 체험의 문제였다는 사실도요.

그렇다고 제가 작정하고 하늘을 관찰하는 건 아니에요. 물론 빈둥거리며 걷는 시간이 많으니 하늘을 볼 기회가 많아진 건 사실이죠. 거기다가 주변에는 하늘을 가릴 만한 지형지물도 없어요. 건물은 모두 단층이고, 검은 사막 끄트머리에 솟은 산맥이나 모래 언덕이 높기는 하지만 둘 다 너무 멀리 떨어져 있어서 제 시야의 하늘을 가리지는 못해요. 그러니 굳이 고개를 들지 않아도 해와 달과 별을 그냥 눈높이에서 볼 수 있어요. 고대인들이 천문에 그렇게 밝을 수 있었던 것도 이런 이유 때문일 거예요.

해 질 무렵의 하늘 한곳을 오랫동안 바라보고 있으면 그렇게 뛰어난 천문학자들이 어째서 천동설을 주장했는지도 이해할 수 있어요. 가끔 숙소 앞 계단에 앉아 서쪽 하늘을 하염없이 보는데, 해뿐만 아니라 모든 별이 하늘의 동쪽에서 출발해서 서쪽으로 서서히 움직이는 게 보여요. 마치 동쪽에서 서쪽으로 바람이 불어 커다란 공을 굴리기라도 하는 것처럼 별을 잔뜩 매단 하늘이 부드럽고 조용하게 동쪽에서 서쪽으로 굴러가는 거죠.

여기에 존재하는 모든 것이 하늘을 따라 움직이고 하늘을 따라 변합니다. 사막의 색깔도, 공기의 온도도, 제 마음도 하늘을 따라 빛나기도 하고 어두워지기도 해요. 과연 마음은 세상을 비추는 거울이라, 무엇을 비추느냐에 따라 생각과 감정이 달라지는가 봅니다. 제가 하늘과 연결된 존재라는 사실을 온몸으로 깨닫는 이 체험이 너무나 소중하고 행복합니다.

2017. 3. 29.

파티마는
어떤 소원을 빌었을까요?

한 소녀가 있었어요. 소녀는 빨간 두건과 빨간 구두 대신 빨간 캐
리어를 끌고 지구 반대편에서 길을 떠났어요. 알리바바가 도둑
들을 속이려고 집집마다 분필로 표시를 해놓았다는 오래된 도시
의 미로 같은 골목을 지나, 얼음처럼 차가운 물이 흐르는 아틀라
스산맥을 넘어 오래전 카라반이 낙타에게 물을 먹이기 위해 쉬어
갔다던 고성(古城) 아이벤허두를 지나 도착한 곳은 사하라 사막
의 작은 마을.

소녀는 사막에서 새 이름을 얻었어요. 소녀의 이름은 파티마. 파
티마는 아름다운 여자를 부르는 이 고장의 이름. 소녀의 머리는
사막의 밤보다 까맣고 소녀의 눈동자는 사막의 별보다 빛났어
요. 소녀에게 파티마라는 이름을 붙여준 소년은 그렇게 생각했
어요.

소년의 이름은 하산. 소녀가 마을에서 만난 세 번째 하산이었어
요. 베르베르 소년 하산은 아버지를 도와 사막을 보고 싶어 하는
관광객을 낙타에 태우고 매일 해 질 무렵 사막으로 들어가 다음
날 해 뜰 때 돌아오곤 했어요.
소년은 자기 낙타를 갖고 있었어요. 낙타의 이름은 아르합. 아르
합은 베르베르 말로 흰둥이라는 뜻.

소년과 소녀는 소년이 일하러 가기 전까지 사막에서 매일 함께
놀았어요. 소년은 소녀에게 아몬드를 가져다주었고, 맨발로 모
래를 걷는 법을 가르쳐주었고, 사막에서만 사는 샌드피쉬를 잡아
주었어요. 소년은 소녀에게 사막에서 자라는 풀로 굴렁쇠를 만
드는 법과 모래 언덕에서 미끄럼을 타는 베르베르 아이들의 놀이

도 가르쳐주었어요.

소녀는 소년에게 자신이 살았던 도시와 책에서 읽은 별자리 이야기를 들려주었고 가끔은 소년이 아라합에게 마른 풀 먹이는 일을 도와주기도 했어요.

햇살이 눈부신 날이면 소년은 야자수 아래 담요를 깔고 앉아 소녀의 귓가에 베르베르의 자장가를 불러주었어요. 소년의 자장가 가락에 맞춰 나무들이 은빛으로 춤을 주었고, 소녀도 소년의 어깨에 기대어 조용히 몸을 흔들었어요.

어느 날 소년은 소녀를 아라합에 태우고 그 어느 때보다 사막 깊숙이 들어갔어요. 자기만의 모래 언덕에서 해가 지고 별이 뜨는 모습을 보여주고 싶었거든요.

소년의 모래 언덕은 아주 높았어요. 소년의 모래 언덕에 오르자 사막이 바다처럼 펼쳐졌어요. 마을 아이들의 웃음소리도 들리지 않았고, 낙타의 발자국도 보이지 않았어요. 대신 파도 소리가 들렸어요.

멀리 검은 사막 위로 해가 저물자 무지갯빛 커튼이 하늘에서 땅까지 펼쳐지고, 별들이 돋아나기 시작했어요. 처음에 별들이 하나 둘 따로 떨어져 수줍게 반짝이다가 이윽고 꽃봉오리가 터지는 소리를 내며 피어나더니 마침내 사막은 온통 별이 빛나는 소리로 가득 찼어요. 소녀는 책에서 읽은 별자리를 찾아보려고 했지만 별이 너무 많아 찾을 수 없었어요.

그때 소년이 말했어요.

별은 아마 슬플 거야. 소녀의 눈이 별보다 더 반짝거리니까.
달은 아마 슬플 거야. 소녀의 얼굴이 달보다 더 환하니까.
우리는 아마 슬플 거야. 우리는 언젠가 헤어질 테니까.

소녀는 무슨 말을 해야 할지 몰랐어요. 소녀는 차마 소년의 얼굴
을 볼 수 없었어요. 그때 별 하나가 떨어졌어요. 하나, 둘, 셋, 소
녀는 떨어지는 별을 셌어요. 하지만 바람에 지는 아몬드꽃처럼
우수수 별이 떨어지기 시작해서 더 이상 별을 셀 수도 없었어요.
소녀는 소원을 빌기로 했어요.

언니, 요즘 이런 내용의 그림책을 그리고 있는데 어떻게 마무리
하면 좋을까요? 이왕 동화 같은 이야기이니 마무리도 동화처럼 하
는 게 좋을까요? 아니면, 마무리만큼은 현실적으로 해야 진정성이
생길까요?

어찌 되었건 2주 후면 전 이 마을을 떠나야 합니다. 부모님께서
5월 2일에 프랑크푸르트에 도착할 예정이니까요. 그때까지는 아
직 2주나 남았지만 이곳의 모든 것들이 벌써 그리워집니다. 부모님
과의 여행 계획을 세우며 현실 감각이 돌아오기를 기대해봅니다.

2017. 4. 13.

스웨덴의 하늘,
서울의 봄

지영아!

네 편지를 천천히 두 번 읽었어. 무엇도 액면 그대로 말하는 법이 없는 너를 그려볼 때 동화 속 하산은 혹시 사막을 여행 중에 만난 멋진 청년이 아닐까? 아니면, 그저 네게 그런 일이 일어났으면 좋겠다고 여기는 내 환상이나 바람일까? 네가 사막을 걷다 낙타를 탄 사나이를 만났는데, 그가 베르베르 유목민인 하산이기를 바라는 마음. 그러나, 아무럼 어떠랴! 동화든 현실이든 네가 지금 행복하다면.

그거 아니? 일설에 따르면 예수는 대단한 파티(party)광이었다고 해. 먼지가 풀풀 이는 거친 광야를 단지 복음을 전파하기 위해서만 걸었던 게 아니라, 세상에 온 것을 축하하고 삶을 축복하기 위해 동행했던 약자들과 매일 파티에 가는 것처럼 걸었다는 거야. 그렇게 멋진 예수를 떠올려보면 산다는 건 의외로 단순한 일인지도 몰라. 살면서 누군가를 만나고, 헤어지고, 또 새로운 누군가를 만난다는 건 즐거운 파티에 가는 것 같이 설레는 일이지. 그렇게 행복한 순간들을 온전히 누리지 못한다면 사람이 세상에 오는 진짜 이유는 무엇일까, 하고 회의에 빠지겠지. 그러니 지영아, 그곳에 있는 동안은 복잡한 생각의 다발들을 내려놓고 모든 순간순간을 온전히 만끽하길 바랄게.

여긴 완연한 봄이야. 아침저녁의 일교차가 15도를 웃돌 때도 있어. 그래선지 마스크를 끼고도 기침하는 사람들이 많아졌는데 감기에 걸린 사람도 있겠지만 올해 유독 심한 황사와 미세먼지 때문인 거 같아.

출근길 버스 안, 라디오 앵커가 그러더라. 눈에 보이진 않아도 대기에 미세먼지가 가득하니 "파란 하늘에 속지 마세요"라고. 언제부턴가 한국의 봄과 하늘은 황사와 미세먼지로 얼룩덜룩해졌어. 청명한 가을 하늘이니 푸르른 봄날이니 하는 말은 진부한 표현이 아니라 사실이 아닌 표현이 돼버린 거야.

스웨덴을 생각하면 단연 맑은 대기가 먼저 떠오르는데 그다음엔 한숨이 나. 한국은 사계절 내내 비교적 볕이 좋고, 스웨덴은 빛은 인색하지만 계절과 무관하게 공기가 맑으니 두 조건을 반씩 섞어 서울 하늘에 뿌려놓을 수 있다면 얼마나 좋을까.

오늘은 일요일이라 나는 서울 시청 도서관에 나와 책도 보고 너에게 이렇게 편지도 쓰고 있다만, 도서관까지 오는 길은 도무지 조용한 곳으로 가고 있다고 믿기지 않았어. 이 도시의 활기는 광화문 일대에서 빛을 발하다가 시청 광장에서 정점을 찍거든. 그런데 요즘은 이곳이 조금 이상한 활기에 사로잡혀 있어.

드넓은 시청 광장의 반 이상에는 태극기로 뒤덮인 텐트들이 집성촌을 이루고 있다. 텐트 안에는 노인들이 매일 먹고 자며 말 그대로 '살고' 있어.

언젠가 시청 도서관 맞은편에 있는 도넛 가게에 친구와 커피를 사러 갔다가 깜짝 놀랐던 일! 그날도 카페에는 종이 태극기를 손에 쥔 노인들로 가득했어. 그들을 둘러보며 "다 뭐하는 분들일까?" 하고 별생각 없이 말했는데 친구가 그러더라. "다 외로운 사람들이지"라고. 그래서 나는 그들이 정말이지 외롭기만 한 사람들인 줄 알았어. 그런데 말이야……

오래전에 노인 복지 관련 보고서를 쓰려고 일흔 된 노인분들을 인터뷰한 적이 있어. 어렵기도 하고 좀 긴장되기도 해서 떨렸던 기억이 나. 그때 노인들과 나는 화장품 가게가 눈앞에 보이는 창가에 앉았어. 마침 그날 오픈한 가게인지, 젊은 여자 둘이서 긴 머리를 풀어헤치고 음악에 맞춰 춤을 추며 가게를 홍보하고 있었어. 그 모습을 보던 한 분이 그러시더라. "쟤들은 우리더러 안됐다 하겠지만 내가 보기엔 쟤들이 더 안됐어"라고.

무슨 말인가 여쭈었더니, 언젠가 한약방에 뜸 뜨러 갔는데 어린 여자애가 어깨에 뜸을 뜨고 있더래. 그리고 자신과 눈이 마주치자 신장개업하는 가게마다 쫓아다니며 춤을 췄더니 어깨가 탈골됐다고, 묻지도 않은 말을 하더래. 노인이 다른 일을 찾아보지 그러냐 했더니 "가진 게 몸 밖에 없어요"라고 하는데 그 말이 그렇게 아프더라는 거야. 젊으나 늙으나 토대 없는 것들을 몸으로 살아야 하는구나 싶어서.

오늘도 시청 옆 도넛 가게에서 커피를 사다가 그때 생각이 나서 괜히 울컥했어. 자기들만의 세계에 빠져 있는 듯 보여도 그 안엔 이렇게 세상의 본질을 꿰뚫어 보는 분들이 계시니 어찌 모두 '외로운 노인'이라고 단정 지을 수 있을까. '집단'으로 뭉쳐 있으면 단단하고 강해 보여도 흩어진 면면을 들여다보면 이처럼 애처로워 눈물이 나는 것을.

p.s._____ 집으로 돌아오던 밤길에 마주친 인왕산 풍경. 만개한 벚꽃 덕분에 주변이 온통 환하기만 하다.

2017. 4. 23.

한 여행의 끝과
또 한 여행의 시작 사이

언니!

답장이 많이 늦었죠? 마침 모로코 여행 중이었거든요. 달력을 보니 언니가 메일을 보낸 23일에는 그 유명한 카사블랑카에 있었네요.

카사블랑카에 가본 사람들은 하나같이 우리가 꿈꾸는 그 카사블랑카가 아니라고 하던데, 정말 그렇더군요. 낡은 현대식 건물과 강북의 러시아워를 방불케 하는 교통 사정은 험프리 보가트와 잉그리트 버그만의 낭만은커녕, 모로코 특유의 전통도 찾아보기 어렵게 하더군요.

하지만 하산 2세 모스크만큼은 입이 떡 벌어지게 웅장하고 아름다웠어요. 모스크 계단에 앉아 대칭을 이루고 있는 열주들과 아라베스크 무늬로 수놓은 타일을 보고 있노라면 정교한 고전주의 음악, 이를테면 바흐의 평균율이 들리는 듯해요. 지극히 절제되어 있지만 그 과도한 절제가 오히려 정념을 불러일으키는…….

　지난 열흘간 사막에서 만난 노마드 친구와 차를 렌트해서 모로코 전역을 여행했어요. 사막 마을에서 시작해서 시계 반대 방향으로 돌았죠.

　모로코는 무척이나 넓더군요. 그리고 아주 다채로운 자연환경을 가지고 있어요. 마을을 떠나고 한참 동안은 모래와 자갈이 뒤덮인 들판만 이어지다가 갑자기 푸르른 오아시스 마을이 나타나는 식이죠. 물결처럼 완만하게 번져나가는 구릉들 사이에는 옥처럼 빛나는 호수가 숨어 있고, 누렇게 익어가는 보리와 밀밭을 지나면 흰 구름으로 봉우리를 감춘 산이 나타나요. 한참 동안 이어지는 지중해의 해안선과 아슬아슬한 낭떠러지를 끼고 넘는 아틀라스산맥은 그야말로 모로코의 극과 극을 보여주죠.

　집들도 북쪽으로 갈수록 황토로 지은 전통 가옥에서 붉은 기와를 올리고 페인트로 외벽을 칠한 유럽식 건물들로 바뀌고, 도로 곳곳에 세워진 '야생동물 출몰'이라는 안내 표지판에 그려진 동물들도 낙타에서 양으로, 그리고 다시 소로 바뀌어요. 출발할 때는 창문을 열면 뜨겁던 모래바람이 북쪽으로 오니 점퍼를 꺼내 입어야 할 냉기로 바뀌더군요.

　이 열흘 동안, 모로코 빵과 오렌지를 사 갖고 다니며 멋진 풍경이 보이는 곳이면 아무 데나 차를 세우고 끼니를 때웠고, 쭉 뻗은 고속도로를 신나게 달리다가 위장 검문하는 모로코 경찰에게 걸

려 속도위반 딱지를 두 번이나 떼였고, 대도시에 처음 와본 노마드 친구와는 사소한 일로 시도 때도 없이 말다툼을 했고, 가끔 마을 식당에 들러 호기심 어린 눈초리를 받으며 숯내가 밴 양고기로 호사를 누리기도 했죠.

그리고 저는 지금 페스의 작은 호텔에 있습니다. 모로코를 떠나기 위해 몇 번이나 오려고 했던 그 페스 말이에요. 오늘 아침 노마드 친구와 작별을 하고 차를 반납한 후 12시간이나 버스를 타고 저녁 무렵에 도착했어요. 그리고 5시간 후면 드디어 모로코를 떠납니다.

호텔 앞 슈퍼에서 사 온 맥주를 마시고 있는데, 보름달 아래 끝없이 은빛으로 빛나던 사막을 바라보며 맥주를 마시던 기억이 벌써 꿈처럼 아득하네요.

조금 전에 부모님께서 무사히 출국하셨다고 동생으로부터 연락이 왔어요. 이로써 여행의 한 장이 마무리되고 새로운 여행이 시작된다는 게 실감이 납니다. 이제 그만 현실로 돌아와야 할 때라는 신호.

2017. 4. 30.

낭만적 연애와 그후의 일상…

지영아, 부모님은 잘 만났는지?

나도 지난 주말엔 부모님을 뵈러 시골에 다녀왔어. 부모님이 도시 생활을 접고 나주로 이사하신 지 채 한 달이 안 되었거든. 엄마 말로는 정작 마음에 들었던 집은 비싸서 단념하고 울며 겨자 먹기로 마당이 작은 집을 택하셨다는데, 얼마나 작기에 우는소리부터 하실까 했더니, 웬걸! 그 정도 '땅덩이'로도 두 분은 할 일이 차고도 넘쳐날 거 같아.

우리 아버진 잠시도 몸을 가만히 두지 않는 분이셔. 감정을 잘 드러내지 않는 편이라 차갑게 느껴질 때도 있는데, 그런 아버지가 매일 몸을 재게 놀려 놀랍게도 수많은 수목을 기르신다. 아버지 손에 들어오면 죽어가던 식물도 생기를 얻고 꽃을 피워. 그것도 무척 아름답게. 아버진 정리정돈의 귀재이기도 해. 그런 성향 때문일까, 화초를 키울 때도 성격이 묻어나는 것인지 아버진 당신이 원하는 모양대로 소품과 대품을 길러내는 분재에 일가견이 있으셔. 좁고 가파른 나무판에 이끼와 대를 이식해서 예쁘게 뻗어 나가게도 만들고, 화분에 철심을 박아 줄기가 그 길을 따라 올라가게도 만들지. 하지만 만약 내가 아버지 화단에 있는 화분이라면, 무섭고 답답한 마음에 밤 사이 도망갈 거 같아.

그에 비하면 엄마는 뭐든 일이 닥쳐오는 대로 하시는데, 그것도 정말 열심히 하신다. 어떨 때는 열심히만 하셔서 성과가 없을 때도 있지만 한번 불이 붙으면 누구도 말릴 수 없어.

섬세한 아버지와 성긴 엄마는 그렇게 40년을 함께 지내왔어. 말이 40년이지 엄마 나이 스물한 살에 어린아이가 셋이나 딸린 집에 '처녀'가 시집을 온 거야. 가난한 우리 집에서 엄마가 한 고생은 말로는 다 할 수 없는 것이라 만일 내가 엄마의 엄마였다면 어린 딸이 불쌍해 매일 눈물바람이었을 거야.

그 와중에도 두 분은 왜 하루가 멀다고 그렇게 싸우시던지. 헤어지겠다고 엄마가 집을 나간 것만도 수차례. 그렇게 서로를 지긋지긋해 하면서도 서로에게서 헤어 나오지 못한 데는 무슨 연유가 있었던 걸까? 진짜로 두 분은 절대로 헤어지지 못할 운명이었던 걸까? 오랫동안 궁금했는데, 이번에 작은 단서를 하나 얻었어.

점심을 먹고 엄마와 같이 설거지를 하는데 엄마가 아버지 흉을 보시더라. 설거지를 끝내고 화단에 계신 아버지 곁에 갔더니 이번에는 아버지가 엄마 흉을 보시고 말이야. 그런데 두 분 다 약속이라도 한 것처럼 이야기 말미에 자꾸 상대가 짠하고 불쌍하다고 하시는 거야. 웃기기도 하고 놀랍기도 하더라. 그렇게 서로 잡아먹을 듯 싸우고 서로를 밀어내더니 이제는 생각할수록 짠하다고? 맙소사! 아버지 일흔셋, 엄마 예순하나. 내 생각엔 어쩌면 엄마가 더 현명하다. 아버지가 예순하나일 땐 엄마를 보고 짠하다 여기지 않으셨으니까.

하지만 그렇게 오랫동안 서로를 보듬고 지내오신 두 분이 누구보다도 아름답고 존경스러워. 나는 사랑했지만 뜻대로 되지 않았던 순간이 많았어. 엄마 아버지 손에 컸으니 나도 엄마 아버지의 일부분을 닮았을 테고, 자주 허무를 느끼는 점에선 아버지를 많이 닮았다 여겼는데, 어느 날 아버지가 그러시더라. 인생은 끝내 혼자, 외롭게 가는 거지만 그래도 같이 있어야 조금은 덜 외롭다고. 나이를 먹을수록 나도 점점 그 말에 수긍하게 되는 것 같아.

아버지가 엄마에게 못다 한 이야기, 엄마가 아버지에게 하지 않은 이야기도 있겠지. 그 이야기들이 알듯 모를 듯 두 분 주위를 맴돌다가 마침내 상대 안으로 천천히 스며든게 아닐까? 그게 엄마와 아버지가 치열하게 싸우면서도 서로를 이해하고 서로의 자장 안에 오래 머물러 있는 이유일까?

스웨덴에 있을 때 전자책으로 읽었던 알랭 드 보통의 『낭만적 연애와 그 후의 일상』이 떠오른다. 마지막 장을 덮고 나면, 늘 청년일 것만 같던 알랭 드 보통도 중년으로 접어든 뒤 사람들이 흔히 말하는 '어른'이 되었구나 싶어.

작가의 전작 『나는 왜 너를 사랑하는가』와 『키스하기 전에 우리가 하는 말들』을 보면 연애와 사랑에 관한 그의 사유는 무척 자유롭고 기발하잖아. 그런 작가지만 이 책에서는 달콤한 연애 시절을 지나 결혼제도와 본격적인 가정(사)생활에 진입해서 부부라는 이름으로 서로를 알아가기 위해 좌충우돌하며 고전을 면치 못하거든. 물론 이 책은 소설이야. 그런데도 왜 나는 소설 주인공보다 작가가 더 눈에 밟히는 걸까?

주인공 라비는 아내와 좋은 관계를 유지하면서 일과 육아에도 충실하려 노력하지만 일터에서 만난 '어리고 아름다운' 여자에게 잠시 마음을 빼앗겨. 당연하게도 이 끌림은 너무도 강렬하고. 라비는 마음의 갈피를 잡지 못하고 괴로워하지만 "진정한 관용은 감탄하고 영원의 충동을 알아보고도 떠나버리는 것"이라며 뛰는 가슴을 잠재우지. 이 에피소드는 소설의 일부에 불과하지만 읽고 나면 여운이 오래 남아.

결혼은 자신이 "원하는 대로 행동하지 않는 절제력"을 요구하고, 결혼제도는 두 사람에게 "대단히 유감스러운 소식에도 금세 대처하고 회복되는" 어른이기를 강요하지. 이런 요구와 강요를 견디지 못하겠으면 가정을 박차고 나오면 그만이지만, 제목이 시사하듯, 낭만적 연애 뒤에 반드시 따라오는 '그 후의 일상'을 살아가기 위해서는, 파트너와의 끝도 없는 절충과 화해 그리고 협력을 모색해야 하는 거야. 일상 안에는 권태와 절망 같은 지뢰도 파묻혀 있기 때문에 서로를 안전하게 돌보기 위한 노력도 쉬지 않고 해야 하고 말이야.

   그동안 무엇이 매복돼 있는지도 모른 채 지뢰밭을 용감하게 걸어온 엄마와 아버지께 각각 용돈을 드리고, 오래 안아드리고 다시 서울로 올라왔어. 이제 어떻게든 밀린 원고를 마감해볼 생각이야. 두 분 모습을 네게 보여주고 싶은데 엄마를 찍은 사진은 초점이 나가 멀리 보이는 울 아버지 사진만 보낸다. 처마 밑에 제비가 집을 지었다고 좋아하시며 하염없이 바라보시더군.

2017. 5. 6.

모든 기혼자에게
심심한 위로와 존경을

언니!

그동안 부모님과 여행 다니느라 도저히 연락할 짬이 안 났어요. 여행은 잘하고 있습니다. 두 분도 무척 씩 씩하게, 그리고 즐겁게 다니고 계세요. 뉘른베르크에서 시작해서 부다페스트, 드라마 〈디어 마이프렌드〉로 유명해진 슬로베니아의 류블랴나와 블레드를 거쳐 지금은 독일의 에르딩이라는 곳에 와 있어요. 작은아버지가 사업 때문에 마련한 숙소가 이곳에 있거든 요. 강행군 중간에 잠시 휴식도 할 겸, 체류 중인 작은아버지도 뵐 겸 해서 일주일째 이곳에 머무는 중이에요.

아, 그런데 부모님과의 여행은 쉽지가 않네요. 두 분이 생각보 다 즐겁게 잘 다니시니 저도 좋긴 한데, 역시 힘들기도 해요. 그러 고 보니 제가 여행 가이드 역할을 하고 있는 거더라고요.

게다가 전혀 예상하지 않았던 사소한 일들까지 신경 써야 해요. 이를테면 콘센트를 찾고, 와이파이를 연결하고, 인덕션과 세탁기를 작동하는 법처럼 아주 사소하지만 꼭 필요한 일들을 숙소를 옮길 때마다 하나하나 연구해서 가르쳐드려야 했어요.

하긴, 저 혼자 다녔어도 마찬가지였을 거예요. 주로 에어비앤비 숙소를 이용하는데 남의 집 살림살이로 생활하는 게 쉬운 일은 아니잖아요. 짧으면 이틀에 한 번, 길어야 일주일에 한 번꼴로 숙소를 옮기는 통에 간신히 익숙해질 만하면 또 새로운 환경에 적응해야 하는 것도 고역이었죠. 다른 점이 있다면 저 혼자라면 시간을 두고 천천히 해결했을 일을 두 분이 옆에서 동시에 재촉하는 바람에 정신없이 해결해야 했다는 것. 더구나 나라마다 시스템이 다 달라, 변기의 물 내리는 손잡이 위치며 현관문 잠그는 법까지 같은 게 하나도 없더라고요.

게다가 우리 부모님은 어찌나 호기심이 많으신지요. 어느 것 하나 그냥 넘어가는 법이 없어요. 맛있는 음식이 나오면 어떤 재료로 어떻게 만들었는지 궁금해하시고 조금만 신기한 것이 보이면 그게 뭐고 어떻게 이용하는 건지 물어보시는데, 저라고 당신들과 다를 게 뭐가 있겠어요? 가끔은 못 들은 척 무시하기도 하고, 내가 가이드인 줄 아느냐고 툴툴거리기도 하지만, 결국은 사람들에게 짧은 영어로 질문을 하고 있는 저를 발견합니다. 부모님이 여행을 진심으로 즐기시는구나 내심 기뻐하면서요.

사실 이 여행은 아빠가 큰 수술을 받고 회복하신 후에 한 여행

이라 더 의미가 깊어요. 6개월의 긴 병원 생활 동안 엄마는 의리 하나로 손수 간병을 해내셨고, 아빠는 완쾌하셔서 예전처럼 글을 쓸 수 있게 되었으니 두 분 다 대단하시죠.

무엇보다 이 투병 경험이 두 분의 관계를 많이 바꿔놓은 것 같아요. 언니네 부모님 못지않게 제 부모님 사이도 징했거든요. 오죽하면 동생과 제가 엄마에게 정 힘들면 우리 생각하지 말고 이혼하라는 말을 다 했겠어요. 물론 그때마다 엄마는 아빠에 대해 흉보던 걸 뚝 멈추고 딴소리를 하셨지만요.

크게 아프시고 약해진 아빠의 모습이 엄마는 안쓰러우셨나 봐요. 예전보다 더 지극정성으로 아빠를 돌보시는데, 저로서는 의아한 생각도 들더군요. 그렇게 속을 썩이고 아프기까지 한데도 저런 마음이 들까, 하고요. 까탈스럽고 성격 급한 아빠도 엄마의 그런 정성에 감복하셨는지 한결 너그럽고 여유로워지셨어요. 여행 다니는 동안에도 늘 엄마를 챙기고, 저를 힘들게 하지 않으려고 조심하시는데, 예전의 아빠라면 상상도 못 할 일이죠. 물론 이 사진처럼 여전히 아빠는 뒤도 안 돌아보고 앞장서 가시고 엄마가 그 뒤를 부랴부랴 쫓아가시지만요.

언니의 말대로 오래 산 부부 사이라는 건 '사랑'이나 '연애' 관계와는 또 다른 신비의 영역인 것 같아요. 하여 저는 할 말이 없습니다. 다만, 평생을 타인과 함께 산다는 게 정말이지 대단히 위대한 일이라는 생각은 들어요. 그런 의미에서 언니를 포함한 모든 기혼자들에게 심심한 존경의 뜻을 표하는 바입니다.

2017. 5. 19.

4인용 테이블을
혼자 차지해도 괜찮겠죠?

언니!

저는 지금 쿠사다시라는 조그만 항구도
시에 있어요. 터키 서해안과 에게해를 면해 있는 곳이죠. 그리스
와 터키에서 남은 여행을 마무리하고 부모님은 사흘 전에 작은아
버지가 계신 독일로 다시 가셨어요.

쿠사다시는 부모님과 함께 며칠 머물렀던 곳이에요. 근처에 있
는 에페소스를 둘러보기 위해서였죠. 제가 이곳으로 돌아온 건 여
기에 딱히 미련이 있다거나 볼 게 많아서는 아니에요. 에게해를
사랑하는 유럽인들이나 그리스의 사모스섬에 가려는 여행객들에
게는 인기 있는 휴양지라는데, 바다를 즐길 줄 모르는 저에게는 아
름답기는 하지만 그저 평범한 관광 도시에 불과해요.

하지만 바로 그 이유 때문에 이 도시로 돌아왔어요. 두 분을 인
근 공항에서 배웅하고 나서도 어디로 갈지 정하지 못하고 있다가,

문득 나에게 지금 필요한 건 새로운 경험이 아니라 휴양이라는 걸 깨달았거든요. 특히 이 호텔은 가격도 저렴하고 쾌적한 데다가 에게해를 바라볼 수 있는 옥상 테라스가 있고, 무엇보다 테라스 식당의 셰프 오마르의 유쾌한 농담과 치킨 요리가 일품이에요. 맥주 한 잔과 함께 시간을 보내기에 더없이 안성맞춤인 곳이죠.

그런데 생각해보니, 제가 원하는 건 휴양도 아닌 것 같아요. 뭘 적극적으로 '하려고 하는' 게 아니라, 아무것도 '하고 싶지 않다'는 게 맞는 표현 같아요. 오랜 여행으로 지친 건 아니에요. 그보다는 저 혼자였다면 하지 않았을 일들을 부모님과 여행을 다니는 동안에 열심히 하던 제가 원래대로 돌아온 것뿐.

이를테면, 부모님과 다니는 동안에 저는 저 혼자였다면 그냥 헤매며 찾아갈 길을 사람들에게 물어가며 다녔고, 저 혼자였다면 대충 때우고 말았을 끼니를 제때 제대로 된 식당에서 먹었고, 저 혼자였더라면 그냥 먹었을 음식을 다시 조리해달라고 요구했고, 저 혼자였다면 모른 척 넘어갔을 불친절에 항의했어요.

지금은 어떠냐 하면, 주로 몸으로 때우며 다니고 있어요. 묻지 않고 헤매고, 따지지 않고 속을 끓이고, 혹해서 집어 들었다가도 내려놓고, 먹고 싶어도 참으면서요. 어차피 이런 것도 경험이라고 항의해봤자 내 기분만 상한다고, 가져가 봤자 쓰지도 않을 거라고, 한국에 가도 이런 건 먹을 수 있다고 핑계를 대면서요.

비단 이번 여행에서만 그런 건 아니에요. 무언가 원하는 마음이 생겨도 그것을 애써 외면하거나 무시하는 습성이 제게는 있는 것 같아요. 만약 내 아이에게 그렇게 했다면 명백히 학대나 방임이라고 할 만한 일을 저 자신에게는 하는 거예요. 어떤 사람에게는 가장 쉬운, 자기 욕망을 따르는 일을 저는 뭐가 겁이 나서 못하는 걸까요? 저를 위해서는 못하는 일을 다른 사람을 위해서는 기꺼이 하는 이 심리는 무엇일까요?

한편으로는 하고 싶지 않은 일을 하게 만드는 타인이야말로 나의 한계를 넘어서게 만드는 동인이라고, 그렇기 때문에 타인 속에 머물러야 한다고 생각해요. 하지만 다른 한편으로는 그런 식의 극기를 얼마나 지속할 수 있을지, 나를 방임하면서 행하는 그런 이타적인 행위가 바람직한 건지, 그런 행위를 이타적인 행위라고 할 수나 있는 건지 잘 모르겠어요.

다시 혼자가 되니 생각이 많아지나 봅니다. 하여 일단, 이곳에 머무는 동안만큼은 매일 저녁 이 옥상 레스토랑에 올라와 터키 맥주 에페소와 함께 가장 맛있는 요리를 즐기려고 해요. 혼자 4인용 테이블 하나를 차지하고 있는 것에 눈치 보지 않고 오로지 저를 위해서요.

거울처럼 은빛으로 잔잔하던 에게해가 붉은 석양에 물들어갑니다. 해안도로를 따라 이어진 가로등과 바다를 향해 산비탈에 다닥다닥 매달려 있는 건물들에도 하나둘 불이 켜지기 시작하네요. 잠시 후 8시 40분이 되면 라마단 금식을 끝내고 이제부터 마음껏 먹고 마셔도 된다는 걸 알리는 대포 소리가 들릴 테죠. 멋지게 차

려입은 사람들의 와인 잔 부딪치는 소리가 유쾌한 웃음소리와 익
숙한 팝송 사이로 부서집니다.

2017. 6. 6.

내 몸이 기억하는 여행

지영아!

눈엔 선하다. 너도 낯설기만 한 여행지에서 부모님을 편히 모시려 무던히도 애썼을 네 모습. 힘들기도 했겠지. 하지만 하고 싶지 않은 일을 하게 만드는 타인이야말로 자신의 한계를 넘어서게 만드는 동인이라는 네 생각이 참 좋구나. 최근에 읽었던 일본 시인 요시노 히로시의 「생명은」이라는 시의 한 구절이 이제 보니 딱 네 말과 같네.

생명은

그 안에 결핍을 지니고

그것을 타자로부터 채운다

이 훌륭한 시를 읽고 나면 '아, 사람에게 결점은 본래 있는 것이니 자책해봐야 소용없구나. 그럴 시간에 열심히 타자에게 매달리는 게 상책이겠구나' 하고 안도하게 돼.

여행의 한가운데서 날아오는 네 편지는 꼭 금방 쪄낸 호빵처럼 따끈하고 맛있어서 읽다 보면 입맛을 쩝 다시게 된다. 그런 내게, 잊을 만하면 한 번씩 내 여행의 이력을 알고 있는 항공사와 여행사가 "민아 님, 땡처리 항공권의 기회를 놓치지 마세요", "민아 님이 스페인에서 꼭 사야 할 쇼핑 리스트" 같은 제목을 단 메일을 보내온다. 친근하고 다정하게 내 이름까지 부르면서 열어보길 권하니까 홀린 듯 클릭하게 되는데, 그때마다 내 스케줄 표를 열어 일정부터 확인해보지. 마치 확인만 하면 떠날 수 있다는 듯이. 눈 씻고 찾아봐도 당분간은 떠날 쾌가 없으니 아쉬운 마음으로 메일함을 빠져나오지만 에라 모르겠다 하며, 충동적으로 항공권을 예약하는 상상만으로도 몸이 먼저 기억해내는 게 있어.

손님 없는 허름한 식당에서 과연 맛은 어떨지 두려운 마음으로 주문한 음식을 기다리던 순간, 버스 노선표를 잘못 보는 바람에 반대 방향 버스를 타서 엉뚱한 곳에 내려 허둥대던 일, 진귀한데 값은 싸서 연신 탄성을 지르며 벼룩시장 물건을 고르던 기억 같은 것 말이야.

그러고 보면 여행이라는 게 꼭 떠나는 그 순간부터를 말하는 건 아닌가 봐. 아무 때고 불쑥 일상에 끼어든 여행의 보풀들이 저들끼리 뭉쳐 굴러다니면서 여행을 상기시키는 걸 보면 말이야.

온통 불어로 표기된 공항의 안내판, 우리와는 쓰는 방식이 다른 플러그 소켓, 중세에나 썼을 법한 열쇠를 꽂고 돌리는 육중한 현관문, 지하철 안에 울려 퍼지는 스웨덴어 안내 방송, 운전석이 오른쪽에 있는 자동차, 미소 지으며 좌석 표를 건네주는 푸른 눈의 여인……

　이문재 시인은 "섬과 섬 사이를 두 눈으로 이어주기만 해도 기도하는 것"이라고 했는데, 이국의 풍경을 떠올리기만 해도 여행이다, 그러고 보면.

2017. 6. 15.

뒷걸음질 치듯
꿈에서 깨어나는 중

언니!

한국에 있었다면 지금쯤 학기 말 준비로 한창 바쁠 때입니다. 20년 넘게 따르던 제도의 시간이 몸에 배었는지 학교를 떠나 있는데도 학사일정은 귀신같이 떠오르네요. 혹은 오랜 자유의 시간이 끝나고 일상으로 돌아갈 날이 다가오고 있기 때문인지도 모르겠어요.

돌아갈 생각만 하면 마음이 초조하고 답답해요. 그간 잘 논 건 생각도 안 하고 뭐했나 싶은 생각이 들어서요. 그러고 보면 잘 논 것만도 아니에요. 아무것도 안 하는 게 목표였는데 작품도 고치고, 책도 하나 내고, 논문도 쓰고, 부모님과 여행도 하고, 연습이긴 하지만 그림책도 하나 그렸으니 한국에 있을 때만큼이나 무언가를 악착같이 했네요. 그럼에도 불구하고 초조한 건 역시나 뿌리

깊게 세뇌된 성과주의 때문이겠죠.

결국 이 여행은 나를 변화시키지 못했나 봐요, 라고 쓰다가 또 헛웃음이 나네요. 이것 보세요. 저는 노는 것마저도 어떤 변화나 결과물을 내야 한다고 생각하고 있잖아요. 거우 1년 동안의 경험으로 40년 넘게 쌓아온 습성과 사고방식이 바뀔 리가 없는데, 게다가 여행 내내 공간만 바뀌었지 한국에 있을 때와 별다를 바 없는 생활을 했는데 저는 이렇게 또 욕심을 부려요.

전 이 여행이 저를 확 바꿔놓을 줄 알았나 봐요. 자신감도 생기고, 활발해지고, 사람들과도 쉽게 어울리게 되리라고 기대했나 봐요. 그러나 사람은 정말 잘 안 바뀌나 봅니다. 저는 여전히 안으로 웅크리고 있는 게 편하고, 눈에 띄지 않는 게 좋고, 여전히 소심해요.

모로코에서 지내는 동안 잠깐 꿈을 꾸었더랍니다. 그곳에서 완전히 다른 종류의 삶을 살 수도 있지 않을까 하는……. 멋진 베르베르 남자와 사막에 캠프를 차려볼까? 아이를 낳아 사막을 맨발로 뛰어다니게 하면서 키울 수 있을지도 몰라. 한국인 관광객이 많으니 마을에 게스트하우스를 차리는 건 어떨까? 마을 정원의 아몬드 나무 아래서 아이스커피를 파는 것도 괜찮겠군. 그러면서 틈틈이 사막 생활을 글로 쓰고 그림으로 그리며 살 수 있지 않을까?

그곳에서 멀어질수록 꿈에서 깨어나는 걸 느껴요. 잠에서 깨듯 번쩍 깨는 게 아니라 뒷걸음질 치듯 한 걸음씩 서서히 깨어나요. 저는 용기도 없고 그런 방면으로는 할 줄 아는 게 하나도 없는 사람이라는 걸, 이제 와서 이처럼 완전히 새로운 분야에 도전할 만큼 에너지가 많은 사람도 아니라는 걸, 무엇보다 버리기에는 너무 많은 것을 가진 사람이라는 걸, 마치 전혀 몰랐던 사실인 양 다시 알아가요.

하지만 거기에 있는 동안에는 정말이지 그런 일이 가능할 것 같다고 진지하게 생각했어요. 누가 들어도 그저 망상에 불과한 일인데 말이죠. 물론 이런 꿈들이 실현되기 어려운 수만 가지 이유들을 생각하지 않은 건 아니에요. 아무리 망상에 잘 사로잡히는 사람에게도 머리가 맑아지고 이성이 제 기능을 하는 드문 순간이 찾아드는 법이니까요. 그런 순간조차 내 이성은 이상한 방식으로 작동해요. 여행지에 눌러앉아 새로운 삶을 시작한 사람들의 사연을 떠올리며 자신을 질책하는 거죠. 내가 꿈꾸던 그런 삶을 실현한 사람들도 있는데 너는 왜 못하니, 너는 겁쟁이니? 너는 돌아가서 살아가게 될 삶에 만족하니? 하지만 그런 사연들이 화제가 된다는 사실자체가 가능성보다는 불가능성을 증명하는 거잖아요?

네, 저는 무언가 증명하고 싶은가 봐요. 남들이 불가능하다고 생각하는 것이 가능하다는 사실을, 남들이 꿈도 못 꿀 일을 나는 꿈(이라도) 꾼다는 사실을요. 이렇게 써놓고 보면 대단히 자유로운 생각과 비전을 가진 이상주의자쯤 되는 것 같지만 그저 저 자신이 특별한 사람이라는 것을 증명하고 싶은 마음에 불과한 거 같아요.

제 마음은 이렇게 터무니없는 생각들로 복잡하지만, 제가 있는 이곳은 평화롭기 그지없습니다. 여기는 터키 중부 고원 지대의 카파도키아라는 곳이에요. 세계 여행객들에게 인기가 있는 곳이라고 하더군요. 그래서 와 봤는데 터키의 정치 상황 때문인지 유명한 것 치고는 한적하고, 무엇보다 주변 자연환경이 매력적이어서 머문 지 벌써 3주나 돼요.

여기에서의 생활은 모로코에서의 생활과 비슷해요. 사막 대신 기암괴석이 가득 들어서 있는 계곡을 헤매고 다닌다는 것만 빼면요. 마을을 빠져나가기만 하면 기기묘묘한 암석들로 가득 찬 계곡에 갈 수 있어요. 계곡에는 올리브 나무들이 무성하고 계곡 위로 올라가면 들꽃 가득한 들판이 펼쳐져요. 매일 새롭게 발견하는 꽃들을 사진에 담다가 어느 날인가는 그 들판의 꽃들로 꽃다발을 만들었어요. 한 송이씩만 꺾었는데도 풍성해진 꽃다발을 빈 플라스틱 생수병에 담아 한동안 제 방 창가에 놓아두었어요.

사막 마을과 달리 길거리에 먹을 게 널렸다는 것도 다른 점이에요. 오디며 앵두, 체리까지, 길 가다 그냥 막 따먹어도 아무도 뭐라 안 해요. 며칠 전에는 마을을 돌아다니는데 어떤 할머니가 오디 맛 좀 보라며 한 움큼 쥐어 주셨고, 어제는 한 골목 끄트머리에 있는 집 마당의 앵두가 하도 예뻐서 사진을 찍는데 주인 할아버지가 체

리를 한 움큼 쥐어 주셨어요.

저는 모레 다시 독일로 갑니다. 부모님이 귀국하시는 걸 도와드리고 당분간 그곳에서 지낼 생각이에요.

7월 말에 로마에서 출발하는 항공권을 며칠 전에 결재했으니 이 여행의 최종 목적지는 로마가 되겠네요. 도대체 얼마나 대단한 곳인지 그 유명한 로마를 둘러볼 예정이에요. 저의 여행도 이렇게 끝을 향해 달려갑니다.

2017. 6. 23.

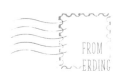

독일의 작고 어여쁜 마을에서

언니!

지금 저는 눈 뜨자마자 사진을 찍고 싶은 마음이 들게 어여쁜 독일의 조그만 마을에 있습니다. 언젠가 얘기했던 작은아버지의 숙소가 있는 에르딩이라는 마을이에요. 에르딩은 뮌헨에서 기차로 한 시간 남짓 거리에 있는데, '에르딩어'라는 맥주로 유명한 곳이기도 하죠. 6월 말에 이곳으로 와서 지금까지 머물고 있어요.

지난주에 부모님과 둘째 작은아버지가 귀국하시고 나서 일주일 내내 몸살 비슷한 것을 앓았어요. 그 탓에 작은아버지가 조카딸 생각해서 종류별로 사다 놓으신 그 맛좋은 독일 맥주들도 그림의 떡, 아니 그림의 맥주가 되어버렸다는 슬픈 사실!

별달리 무리한 일도 없었는데, 고단했나 봐요. 사실 여기에 머무는 내내 삼시 세끼를 챙기는 일 때문에 엄마랑 내내 신경전을 벌

였어요. 대단한 밥상을 차리지 않더라도 매일 세 끼를 준비하는 게 보통 일은 아니잖아요. 엄마는 건강을 신경 써야 하는 남편에, 어려운 시동생에, 객지 생활하는 딸까지, 대충대충 해 먹이고 싶지 않으셨겠죠. 하지만 저는 이런 데까지 와서 밥하고 청소하느라 동 동거리시는 모습에 속이 상하더라고요. 그래서 식사 준비하는 걸 거들다 보면 괜히 부아가 나서 엄마에게 심통을 부리고……. 생각 해보면 그렇게까지 속 끓일 일은 아닌데, 아마 그런 엄마에게서 제 모습을 봤나 봐요.

어제에서야 기운을 조금 차렸어요. 알람을 맞춰놓지도 않았는 데 새소리에 새벽부터 눈이 떠지더라고요. 자연의 흐름에 반응할 만큼 몸이 회복되었다는 뜻이겠죠.

오늘도 일어나자마자 집 안의 창이란 창은 다 열고 허브차 한 잔을 만들어 노트북 앞에 앉았어요. 열어놓은 창으로 나무들의 잎 사귀 부딪히는 소리가 파도 소리처럼 밀려왔다 밀려가요. 이렇게

온몸으로 아침 기운을 맞이하고 있자니 오래전 언니가 『엄마, 없다』를 쓸 때 보낸 아침이 이런 아침이었을지도 모르겠다는 생각이 드네요. 매일 새벽에 일어나 출근하기 전에 조금씩 원고를 썼다는 그 아침들 말이에요.

어제는 기운을 차린 김에 자전거를 타고 밀며 보리며 옥수수가 자라는 들판 사이를 달렸어요. 오늘은 숲이 우거진 시민 공원을 한 바퀴 돌고, 돌아오는 길에는 동네 중심가에 들러볼까 싶어요. 분홍색, 하늘색, 민트색의 아기자기한 집들로 둘러싸인 작은 마을 광장에 앉아 지나가는 사람 구경도 하고 교회 탑에 걸린 구름이 어디로 흘러가는지도 보다 와야겠어요.

한국에 돌아가면 가장 그리운 게 뭘까 생각해보면, 하늘인 거 같아요. 유럽이고 모로코고 터키고, 어디에서나 시선을 돌리면 펼쳐져 있는 넓디넓은 하늘. 그 하늘을 한국에서도 볼 수 있다면 돌아가서도 그럭저럭 견딜 수 있겠다 싶은데……. 다행히(?) 한국에 돌아가서 묵을 학교 기숙사는 산자락에 있으니 하늘과 가깝게 지낼 수 있겠지요.

언니는 아주 바쁜가 봐요. 서울은 찌는 듯한 더위라던데, 혹시 몸이 아픈 건 아닌지? 저는 다음 주 목요일에 로마로 갔다가 7월 마지막 주 화요일에 드디어 귀국 비행기를 탑니다. 마음이라도 뽀송뽀송하게 잘 마른 수건 같기를 바라며, 안부 전합니다.

2017. 7. 11.

FROM SEOUL

너와의 재회를 기다리며

지영아!

조만간 얼굴 보겠네. 그러잖아도 곧 들어
올 때가 되었는데, 어디서 어떻게 마음과 몸의 짐을 꾸리고 있을까
궁금했어. 인생이 길게 보면, 아니 그냥 스치듯 생각해봐도 무슨
까닭이 있어서 우리가 세상에 온 게 아니고, 그렇다고 아무 이유도
없다고 하면 좀 서운할 수 있어서 '당신은 사랑받기 위해 태어난
사람' 같은 노래가 나온 걸까?

어떤 여행은 이전까지의 삶을 한 번쯤 야무지게 매듭짓고 나아
가야 할 길의 면역제가 되어주기도 하겠지. 너도 모르는 사이에
너를 바꿔놓았을 바깥에서의 시간. 제자리로 돌아왔을 때의 너는
또 어떤 얼굴일지 궁금하다.

요즘 아침 출근길 버스에서 제임스 설터의『올 댓 이즈』를 재미
있게 읽고 있어. 보먼이라는 젊은 남자가 비비안이라는 아름다운

여인(《엘르》 잡지의 모델 정도를 상상해보면 비슷할까?)을 보고 한눈에 반한다. 남자는 여자와 결혼하고 싶어 해.

오랜 세월 혼자 살며 아들을 키워온 보먼의 어머니와 역시 알코올에 중독된 아내와 이른 나이에 헤어지고 홀로 두 딸을 키운 비비안의 아버지는, 보먼과 비비안은 서로 어울리지 않으며 어쩌면 헤어질 거라는 걸 알아. 하지만 당연히 보먼은 어머니에게 비비안이 아니면 안 된다고 하고, 비비안은 아버지가 보먼을 마음에 들어 하지 않는 걸 알면서도 뜻을 굽히지 않아.

둘의 기운이 그리 승하고, 부모들은 더 이상 반대할 이유를 찾지 못하니 별수 있니. 둘은 결국, 결혼에 이른다. 보먼은 비비안이라는 존재가 궁금해서, 앞으로 둘의 삶은 어찌 될지 몹시 기대에 차 결혼하고 싶어 했다기보다는 비비안의 늘씬하고 감각적인 몸에 반해서, 아니 그 몸을 갖고 싶어서 결혼을 서둘렀다는 인상이 짙어. 그래서 비비안이 잠자리에서 조금이라도 서운하게 대하거나, 오늘은 하지 않을 거야, 하고 거절하면 금세 제 안에서 분노가 이는 거야. 여기까지가 소설의 전반부인데도 둘을 뺀 소설 속 다른 인물들과 독자는 알지. 둘의 미래는 이제 어긋나는 일만 남았다는 걸.

눈에 보이지 않을 뿐, 소설 밖 우리들 인생에도 그와 같은 경계선과 절취선이 잠복해 있어. 얇은 창호지 아래 조명을 비추거나 물에 조금만 적셔도 드러나는 그 선을 어째서 당사자들만 모르는 것인지.

너와 내가 이렇게 오래도록, 느슨하면서도 아주 멀리 있다 싶진 않게 연결돼 있는 것도 각자 성격의 '선'과 '질'에서 비롯되는 게 아닐까? 나는 비교적 타인의 성격과 그의 생각을 이해하려 애쓰고, 애써서 되지 않을 일은 아예 시작조차 안 하는 면이 있어서 관계에거는 기대가 적은 편이거든. 그러니 네가 무엇을 한다 해도 이해가 되고 대부분의 경우는 진심으로 지지하고 좋아하는 거야.

여기까지 쓰면 내가 아주 너그럽고 좋은 사람 같아도 모든 이에게 관대한 것은 아니지. 가만히 들여다보면 나란 사람도 가족에게는 바라는 게 많고, 그들의 장점보다는 단점을 먼저 보고, 때론 그들의 생각과 태도를 은근히 혹은 대놓고 비난하니까.

내가 당신들을 사랑해서 그래요, 하고 둘러댈 수도 있지만 사실은 너무 익숙한 상태로 유지돼 온 관계의 패턴에 기댄 채 나아지려는 노력은 조금도 하지 않는 거야. 내가 못 본 사이에 그들은 어떤 경험을 통해 '새로 고침' 되었을지도 모르는데 만나면 여전히 예전 그 사람의 모습만을 떠올리고는 '내가 당신을 다 알고 있다'고 판단하지. 그리고는 신경을 꺼버리는 거야. 스위치 끄듯 편리하게. 지금 내가 이런 생각을 하고 있으니 『올 댓 이즈』는 여러모로 주변 관계를 돌아보게 하는 책이야.

지난주 금요일에는 너도 없는 부산으로 출장을 다녀왔어. 일은 그날 다 끝났는데도 어쩐지 바로 서울로 올라오고 싶지 않더라. 그래서 동백섬 주변을 걷고, 중동역까지 지하철을 타고 가서 가야 밀면을 먹고, 벡스코 안을 두루 걸으며 핸드메이드 전시를 들여다보고, 남포동에 가서는 살아 펄떡이는 어물과 또 그만큼 활기 넘치는 사람들을 구경하고, 감천문화마을에 가서 이제는 흔적만 남은 50~60년대 판자촌을 보았어.

모두 좋았지만 감천문화마을이 뇌리에 깊이 남았다. 언젠가 사진에서 보았던 찌든 회색의 판자촌은 거의 사라지고 이제는 알록달록한 색들로 칠해진 지붕들이 햇살을 받아 화려하게 빛나고 있었어. 무엇보다 그 꼭대기 마을에 관광객들이 너무 많아 놀랐어.

마을 전체는 '문화마을'이라는 수식을 달고 화려하게 반짝이는데, 거주민들의 생활 형편이 실제로 나아졌는지는 미지수. 주말에 북적이는 사람들 속을 걷자니 한때 내가 살던 동네 서촌이 생각났어.

낙후된 곳이 개발 붐을 타기 시작하면 그곳에 살던 주민들마저 관광객이 둘러보는 관광 상품이 되기 십상이잖아. 그때부턴 정말로 피곤한 삶이 펼쳐지거든. 이제는 흔히 쓰이는 표현이지만, 중하류층이 생활하는 도심 인근의 낙후 지역에 상류층의 주거 지역이나 고급 상업시설이 새롭게 형성되는 현상을 젠트리피케이션이라고 하지. 감천마을도 정확히 이 현상의 한가운데에 있더군.

서촌에 살면서 정말 곤란하고 때로 화가 났던 건 주거시설이 상업시설로 변해가니까 세탁소나 쌀가게, 철공소 같은 생활에 꼭 필요한 기반 시설들이 사라진다는 거였어. 집과 상점의 세가 천정부지로 뛰어오르니까 세입자들은 감당할 수 없어 그곳을 떠나야 했지. 단골 세탁소가 문을 닫던 날, 나도 그 동네를 떠나고 싶었다.

그리고 6개월 후 정말로 떠나왔다. 우리에게도 세를 올려달라고 하니 달리 수가 없더라.

언젠가 네가 데려갔던 부산의 산복도로도 생각났어. 다른 사람 집의 머리(지붕) 위에 자동차가 주차된 걸 보고 공간을 아기자기하고 효율적으로 쓴다고 재미있어 하며 웃었지만 웃음의 뒤끝은 씁쓸했잖아. 공간을 그렇게 오밀조밀하게 써야만 다 함께 살 수 있었던 힘겨운 시절이 있었으니까.

부산에서의 단 하나의 연고는 너라서, 네가 없는 부산은 좀 허전하더라. 지영아, 이제 돌아오렴.

2017. 7. 13.

마지막 여행지에서

언니!

제가 없는 부산에 다녀왔군요. 부산영
화제 덕분에 매해 언니를 부산에서 만날 수 있어서 참 좋았는
데……. 마치 파자마 파티 하는 여고생들처럼 온갖 이야기들로 밤
을 지새우다시피 했잖아요. 언니의 담당업무도 바뀌고 저도 집이
없어졌으니 이제 다른 방식으로 놀거리를 찾아봐야겠군요.

저는 지금 로마에 있습니다. 로마는 길고 긴 외유의 마지막 기
착지로 더할 나위 없이 안성맞춤입니다. 볼 것도 많은 데다가 마
지막 여행지라는 아쉬움에 부지런히 돌아다녀서 그런지 그야말로
어서 집에 가서 쉬고 싶다는 생각이 들거든요.

이번 로마 여행의 컨셉은 '르네상스 시기의 유럽 지식인 흉내 내
기'입니다. 이를테면 괴테.

263

지금은 관광 도시라고 하면 파리나 런던을 떠올리는 사람들이 많지만 역사로 치자면 로마나 피렌체 같은 이탈리아 도시를 따라잡을 수 없을 거예요. 특히 르네상스 이후 유럽의 예술가들과 지식인들에게 로마는 필수 답사 코스였다고 하죠. 괴테도 그랬대요. 괴테는 평생에 걸쳐 두 번 이탈리아를 여행했는데, 어제는 그가 첫 번째 이탈리아 여행 동안 머물렀다는 괴테 하우스에 다녀왔어요.

로마의 유명한 포폴로 광장 근처에 자리 잡은 괴테 하우스는 그의 문학적 성취가 로마 시대를 기점으로 폭발하기 시작했다는 것을 증명하는 것들로 가득 차 있더군요. 그 분야는 단순히 문학에 그치지 않았더라고요. 후에 그가 쓴 『색채론』에 수록되는, 색과 명암을 직접 실험한 '색상화'와 로마의 유물들을 그린 스케치들, 그리고 식물 세밀화도 있더라고요. 너무 아름다운 것을 보면 그것을 표현하고 모방하고 싶은 마음이 드는 건 누구나 마찬가지인가 봐요. 제가 더블린에서 운하 사진을 계속 찍고 사막을 그림으로 표현하려고 했던 마음이나 로마에 푹 빠져 이것저것 시도하던 괴테의 마음이나 다 그런 게 아니었을까요?

과연 그가 남긴 『이탈리아 여행기』에는 로마가 일깨운 예술적 영감에 대해 이렇게 적혀 있더군요.

지금 내 젊은 날의 모든 꿈들을 생생하게 바라본다. 기억 속에 남아 있는 최초의 동판화들을 지금 실제로 보고 있다(아버지는 로마의 조감도를 복도에 걸어두었다). 그림과 스케치, 동판화와 목판화, 석고와 코르크 세공 등을 통해 오래전에 알고 있던 것들이 내 눈앞에 늘어서 있다. 어디를 가건 새로운 세계 속에서 눈에 익은 것을 발견한다. 내가 상상했던 모든 것들이며, 그것들은 모두 새롭다.

로마를 다녀보니 이 말이 무슨 말인지 이해가 가요. 로마는 정말이지 '새로운 세계 속에서 눈에 익은 것'들로 가득 차 있는 공간이에요. 콜로세움을 비롯한 고대 로마의 흔적들은 물론이고, 미켈란젤로니 라파엘로니 하는 르네상스 화가들의 그림과 조각들도 분명 처음 본 것인데 이미 본 것처럼 익숙했어요. 이미 각종 매체를 통해 너무 많이 봤으니까요. 어디 그뿐인가요. 우리가 감탄에 마지않던 서양의 위대한 문화 가운데 상당수가 사실은 로마의 문화를 발전 계승시킨 것이니까요.

하지만 유럽이 로마에서 예술의 씨앗만 가져간 건 아니라는 생각도 듭니다. 리스본에서 보았던 그 위압적인 건축물들, 오래전 보았던 파리의 개선문과 뮌헨의 개선문, 그리고 그 도시들을 가로지르는 넓고도 곧은 대로들까지, 그때는 몰랐는데 여기 와서 보니 다 로마 제국의 건축물을 흉내 낸 거더라고요. 유럽은 아마도 '예술'의 도시 로마보다 '제국' 로마에 더 깊은 인상을 받은 건 아니었을런지……. 괴테의 말을 빌려 표현하자면, 저마다 다음번 '세계의 수도' 자리를 노리면서 말이죠.

여하간 로마는 너무 덥고, 어딜 가나 사람이 너무 많고, 또 너무 유명한 관광지예요. 하긴 수백 년간 관광지였던 데다가 이제는 유럽 사람만의 로망이 아닌 전 세계인의 필수 관광지가 되었으니 그럴 법도 하죠.

그래도 로마 유적지들을 둘러보는 일은 역시나 멋진 경험이더군요. 특히, 최고의 기술혁명을 이루었다고 자찬하는 현생 최고로 진보한 영장류가 작열하는 태양 아래에서 땀을 뻘뻘 흘려가며 폐허가 된 지 오래인 건축물들 사이를 누비는 모습은 그 자체로 스펙터클한 느낌입니다. 게다가 수백 년 전 괴테가 이 거리를 걸었을 때도 이미 고대 로마는 폐허였다는 생각을 하면, 기분이 묘해집니다. 그런 점에서 로마의 유적지를 돌아보는 일은 겹겹이 쌓인 시간의 지층을 여행하는 느낌입니다.

하지만 미술관이나 박물관을 둘러보려면 큰 각오를 해야겠더군요. 특히, 바티칸 미술관은 끔찍했어요. 볼거리들이야 말해 뭣하겠어요. 그야말로 예술의 수도라는 명성을 알게 해줄 멋진 볼거리들이 넘쳐났지만 그 못지않게 사람들도 넘쳐났어요. 게다가 관람을 하라는 건지 걷기 운동을 하라는 건지 모를 정도로 불편한 동선과 턱없이 부족한 편의시설 탓에 나중에는 화가 날 지경이었어요. 그나마 저는 개인 관람객이라 천천히 여유를 가지고 돌아볼 수 있었지만 단체 관람객들은 줄줄이 들어갔다 줄줄이 나오는 식이더군요. 그야말로 '책에서 본 것들이 저거구나' 하고 확인하는 정도. 더 슬픈 건, 조용하고 한가롭게 이 걸작들을 볼 날은 영영 없으리라는 사실이에요.

저렴한 귀국편을 찾다가 로마까지 오게 됐지만, 이 여행의 끝이 로마라는 건 어쩐지 의미심장해요. 괴테는 "아무리 평범한 사람도 여기선 무언가가 된다. 비록 그의 본성을 바꿀 수는 없다 하더라도, 적어도 하나의 범상치 않은 개념을 얻게 된다"라고 했어요.

제가 괴테처럼 이 로마에서, 혹은 이 여행에서 엄청난 예술적 영감을 얻었을까요? 당연한 말이지만, 아직은 잘 모르겠어요. 다만 위대한 대문호 괴테가 그렇다고 했으니 저 또한 그럴 수 있으리라고 기대해볼 뿐.

언니, 한국에 도착해서 연락할게요. 일주일 정도 동생네에서 머물다 부산으로 내려갈 것 같아요. 언니가 괜찮으면 내려가기 전에 만나면 좋겠어요.

2017. 7. 23.

FROM PUSAN

후유증

언니!

평화롭고 고요한 한때입니다. 창밖에서 들려오는 풀벌레 소리와 건물 전체에 가득 찬 적막으로 충만한 시간. 제가 이런 시간, 이런 분위기, 이런 마음 상태를 얼마나 그리워하고 있었는지 깨닫는 중입니다.

네, 맞아요. 저는 지금 제 연구실에 있어요. 아직 방학 중인 데다 일요일이라 학교 전체가 온전히 제 것인 양 아늑하기만 해요.

부산에 온 지 벌써 열흘이 다 되어가네요. 혹시라도 느슨해지면 마음잡기 영 어려울까 봐 내려온 날 바로 짐 정리를 시작했어요. 그러다 채 마무리하지 못하고 이틀 만에 손을 놓고 말았지요. 뒤늦게 시차의 영향을 받는지 몸이 고단하고 잠이 쏟아지기도 했지만 뭐랄까요, 그냥 갑자기 하기가 싫어지더라고요. 한없이 낯설고 쓸쓸한 기분이 들었던 것 같아요. 새 잠자리가 낯설어서 그랬던 걸까요? 온전한 집이 아니라 기숙사라서일까요?

방 정리를 멈추고 거의 일주일 동안을 TV만 보며 지냈어요. 백 개가 넘는 채널을 앞에서부터 눌렀다가 다시 뒤에서부터 누르기를 반복하고, 그것도 지겨워지면 정리하려고 침대에 쌓아놓은 옷들을 한쪽으로 밀치고 누워요. TV가 꺼지면 사방이 고요해지고 제 깊은 곳에서 익숙한 감정이 꿈틀거리는 기미가 느껴져요. 지난 몇 년 동안 저를 강력하게 지배하던 권태와 허무는 아니고, 그런 감정에 다시 빠져들까 하는 두려움과 그 감정들에 사로잡히지 않으려면 어서 도망쳐야 한다는 초조함이라고나 할까요. 하여 지금 제 속은 어서 일상에 시동을 걸어야 한다는 자아와 간신히 알게 된 소박한 평화를 잃지 않겠다는 자아가 줄다리기를 하느라 소란스럽답니다.

웃기죠? 아직 일어나지도 않은 일, 심지어 도착하지도 않은 감정들을 생각하며 또 다른 감정을 만들어내고, 그렇게 만들어낸 감정에 지배당하다니요. 살던 집을 그대로 남겨놓고 떠났다 돌아왔다면 이런 마음이 조금 덜 했을까요?

설상가상으로 노트북의 데이터 복구가 불가하다는 비보를 들었어요. 부모님과 여행 다닐 때부터 노트북이 심상치 않았는데, 터키에 머무는 동안 결국 완전히 멈추고 말았어요. 귀국해서 A/S를 맡기면 데이터를 복구할 수 있을 거라는 희망을 품고 버텼는데, 그 희망이 산산조각나고 만 거예요.

그 탓에 여행 중에 썼던 모든 글이 싹 다 날아갔어요. 여행을 위해 난생처음 신품으로 장만한 건데 대한민국의 선진적인 기술이 이런 식으로 저의 기대를 배반하다니요. 결국 그 긴 시간 끝에 제게 남은 거라고는 손으로 그린 그림 몇 장과 짧은 단상을 적어놓은 수첩, 그리고 자동으로 웹상에 저장된 사진이 전부예요.

이게 보통 일은 아니잖아요? 머리를 쥐어뜯으며 자다가도 벌떡벌떡 일어나도 시원찮을 일이죠. 그런데도 처음에는 웬일인지 담담하더군요. 역시 인생은 공수래공수거구나, 뭔가 잔뜩 채워서 오겠다고 욕심 부리더니 제대로 큰 교훈을 얻는구나, 하며 받아들였죠. 오히려 아프게 꼭 쥐고 있던 무언가를 놓아버린 것처럼 후련한 느낌까지 들 정도였어요.

하지만 상실과 실패의 고통이란 게 어디 그렇게 쉽게 사라지나요? 결국 시간이 지날수록 사실은 전혀 괜찮지 않았다는 것을 깨닫고 있는 중입니다. 여행의 기억이 사라질지 모른다는 공포 때문에요. 뭐 대단한 경험을 한 건 아니지만, 또 글이 시간을 붙잡아놓는 것도 아니겠지만, 공책 위에 떨어진 빗방울은 말라도 어떤 흔적을 남기잖아요. 그런데 그 공책이 아예 사라져버린 거죠.

여행을 하며 오랜만에 목적 없는 글쓰기가 주는 충만함을 다시 느낄 수 있었어요. 마른 마음바닥이 조금씩 젖어들며 무언가 따뜻하고 촉촉한 게 고이는 느낌이랄까요? 그렇다면 데이터 복구 불가라는 비보는 '고인 물은 썩는다, 그러니 고인 물은 버리고 새로 써라'라는 계시일까요?

더위도 이제 한 풀 꺾인 거 같아요. 서울의 여름이 얼마나 무자비한지 언니에게 투덜거린 게 열흘도 안 되었는데 말이죠. 결국 우리에게 필요한 건 '다 지나가리라'는 마음인지도 모르겠어요.

문득 더블린 반지하 숙소의 넓은 창이 그립습니다.

2017. 8. 12.

네 몸에 더 너그러워지길 바라며

지영아, 기억나니?

어느 여름, 네가 옥탑방 우리 집에 놀러 와서는 "언니, 이렇게 집을 제대로 꾸미고 살다니요" 하며 놀랐던 거. 이제야 말이지만, 가끔 출장 겸해서 부산 네 집에 들렀을 때 나는 조금 놀라곤 했어. 나라면 이것저것 사들여서 공간의 허전함을 메우고, 퇴근하면 곧장 집으로 들어오고 싶을 어떤 유인물을 집 안 곳곳에 심어둘 것도 같은데, 너는 꼭 금방이라도 어디론가 떠날 사람처럼 집 안에 어떤 미련도 두지 않은 채 단출한 세간으로 살고 있더구나.

'미니멀 라이프'라는 말, 요즘 흔하게 쓰이던데 너는 벌써 10년도 전부터 단순하게 살고 있었던 거잖아. 네가 집을 다 처분하고 떠나는 이유는, 머물던 공간을 말끔히 치우고 나면 다시 돌아왔을 때 완전히 새로 시작할 수 있을 것 같아서라고 했잖아? 그때 나는 그 대답이 너무나 너답다고 여겼어. 그렇게 씩씩한 너인데도 지난번 편지에는 "살던 집을 그대로 두고 갔다면 덜 힘들었을까요?" 하며 한숨을 쉬니, 어쩐지 짠한 마음이 든다.

사실 나는 다시 익숙한 집으로 돌아왔기 때문에 너 같은 기분은 느끼지 못했어. 그래서 짐작만 해본다. 멀리 떠났다 돌아온다는 건, 그네처럼 흔들리는 마음을 어쩌지 못해 익숙한 공간, 친근한 사람에게 폭 안기고 싶어지는 기분이 드는 것인가 하고.

그런데 한편으론 게을러지고 늘어질까 걱정하며 의자를 책상 앞으로 바짝 끌어당기는 네 모습도 내 눈에는 보이니, 이게 웬 천리안(?)이냐!

지영아, 시차에 적응하지 못하는 네 몸이 아마도 지금 네 상태를 가장 정직하게 말해주고 있는 걸 거야. 그러니 애꿎은 몸과 싸워서 이기려 들지 말고 맛난 음식 골고루 먹고, 졸리면 졸린 대로 잠들면서 당분간은 네게, 그리고 네 몸에 너그러워지길!

2017. 8. 20.

떠나든 머물든
나를 따라다니는 것들

지영아!

네가 보내준 막스 리히터의 곡을 지금에
서야 차분히 듣고 있다. 이토록 사람을 아래로 아래로만 끌어내리
는 단도의 저음이라니. 하지만 단단하고 묵직해서 그 한 음만을
타고도 어디로든 흘러갈 수 있겠다.

서울은 새벽부터 또다시 장마에 접어든 것처럼 비가 내린다. 간
밤 빗소리에 여러 번 깨면서도 비가 잠을 방해한다고 느끼진 않았
어. 오히려 고질이 돼버린 얕은 잠을 다독이는 손길 같더구나. 모
처럼 아주 고요하고 적막한 일요일 아침을 누리고 있어.

이전과 다를 바 없이 메일을 주고받지만 네가 한국에 있다는 게
더욱 반가워. 도착한 편지를 읽고 나면 반가운 마음에 그 자리에
서 답하고 싶어지지만 사무실 환경이라는 게 그렇지가 않아서 마
음 한구석에 가만히 밀어두지. 퇴근 후 약속이 없는 저녁에는 머

리를 비운 채 집까지 걸어가기도 하고 모임이 있는 날은 맥주를 한두 잔 마시기도 한다. 떠오르는 이런저런 생각을 얼른 붙잡아 집에 가서 편지로 써야지 하다가도 그만 잠들어버린 적도 여러 번.

서촌 골목을 지나 마을버스 종점에 다다르면 겸재 정선이 앉아 놀며 그렸다는 수성 계곡이 한눈에 들어와. 현대적 조경 탓에 옛 모습 그대로는 아닐지라도 안내판에 그려진 원래의 모습과 비교해보면 그래도 그때의 흔적이 남아 있어.

계곡 사이로 난 길을 걸어 조금만 더 올라가면 자연스럽게 인왕산께로 진입하게 돼. 여기서부터는 둘레길이 잘 다져져 있어서 그저 걷기만 하면 되는데, 어지간한 평지보다 완만해서 일단 오르기만 하면 발이 걷는 게 아니라 마음이 떠가는 것 같아. 그렇게 밤에 인적 드문 길을 걸으면 묵은 근심도 누그러진다.

떠나든 머물든 네가 말한 어떤 고독, 어떤 권태, 어떤 허전함이 우리 둘만의 것은 아닐 터. 동시대를 살아가는 현대인, 아니 어쩌면 우리 이전, 그 이전, 그 이전의 무수한 세대들이 삶의 국면마다 이 덧없는 감정들과 다투고 때론 사랑했겠지. 그러면서 자신들이 머물던 공간의 지형을 넓혀나갔을 거야. 그걸 다 알면서도 이 감정의 일군들이 쳐들어오기 시작하면 우린 꼼짝 못 하지. 얌전한 포로가 되어 어서 빨리 우릴 놓아주기만을 기다려야 하는 거야.

지난 주말엔 제천국제음악영화제에 다녀왔어. 세계 각지에서 당도한 음악 다큐멘터리를 보는 행복한 시간이었어. 내가 본 영화는 레너드 코엔의 1972년 유럽 투어 공연 모음과 엘라 핏제럴드를 전기 형식으로 다룬 다큐멘터리, 현대 재즈하면 떠올릴 수밖에 없는 빌 에반스의 음악과 생애 그리고 칠레로 음악 여행을 떠난 내용을 담은 영화였어.

모조리 음악영화니까 귀가 호강한 건 말할 것도 없고, 뮤지션이 몸담았던 시대의 정치와 문화 그리고 시대정신까지를 두루 살펴볼 수 있어서 오감이 황홀해지는 관람이었다.

예술가들은 나이와 무관하게 삶의 '이면'을 보는 능력이 있나봐. 그들은 몹시도 예민하게 발달한 촉으로 사람과 시대의 통점을 짚어내고 그곳을 아프게, 때로는 부드럽게 누른 뒤 나을 수 있게끔 도와주지. 완치는 어렵다 해도 이렇게 말로 치유해주면서. "당신 아픈 거, 내가 알아요."

영화 속에서 레너드 코엔은 이렇게 말했어. 고독은 정확한 정치 행위라서 사람들은 고독을 불편해하고 두려워한다고. 누군가 고독하다는 것은 그래서 그 사람이 아주 정치적인 것을 의미한다고. 따라서 아무나 고독할 수 없다고. 특히 현대인에게는 더욱 그러하다고.

그의 나이 서른일곱 무렵, 그는 뮤즈가 말을 걸어오지 않으면 그날 공연은 망했다고 생각했기 때문에 무대 위에서 관객에게 이렇게 말하고 만다. "여러분, 나를 보기 위해 표를 사준 것은 고맙지만 오늘은 노래하기가 어려울 거 같아요. 환불해드릴 테니 돌아가주세요."

그는 가수가 무대 위에서 관성으로 노래를 부르는 것은 철저히 죽은 시간 속에서 일(노동)하는 거라고 여겼기 때문에 도저히 그런 상태로 노래할 순 없었던 거지.

화를 내고 불만을 터트리는 관객도 없진 않았지만 많은 사람들은 그의 그런 면을 알고 사랑해서 공연장을 찾아온 것이라 별 불만 없이 돌아갔어. 그게 70년대 유럽의 보편적인 공연 정서라고 말할 순 없겠지만 적어도 철저히 '쇼'가 되어버린 지금의 무대와는 확연히 다르다고는 할 수 있겠지.

지영아, 여행 중에 기록한 데이터를 모두 날렸다고? 네가 자료를 얼마나 소중히 여기는지 아는 내게는 그 소식이 이렇게 들린다.

"언니, 1년 동안 죽어라 모은 돈을 (도박으로) 한꺼번에 다 날렸어요."

사실 나는 요즘 어지간한 데이터들은 다 버리는 중이다만, 나도 모아둔 기록을 내 의지와 무관하게 날렸다면 미치고 팔짝 뛸 노릇이었을 거야. 하지만 어쩌겠어. 이미 잃어버린 것들은 어서 잊어버려야지.

가끔 지난 여행의 기억이 불쑥불쑥 떠오르는 게 좋으면서도 체한 것처럼 답답할 때도 있어. 삼키지도 뱉어내지도 못했던 감정까지가 떠올라 먹먹해지기도 해. 지금은 그 체기가 내려갔느냐고 묻는다면, 글쎄…… 나 역시 궁금해. 나는 지금도 몹시 어떤 출구를 찾는 중이니까.

단출한 너의 기숙사 방이 눈앞에 그려진다. 하지만 우린 알지. 외로운 건 집 때문이 아니라는 걸. 어디에 있든 영혼이 깃든 곳이 집이고, 적어도 그런 곳에선 마냥 외롭진 않을 테니.

2017. 9. 2.

바르셀로나 테러 소식을 들은 날

언니!

TV는 연일 테러 소식으로 시끄럽습니다. 지난 3월과 6월에는 런던이더니 이번에는 바르셀로나군요. 한 번씩 가봤던 곳이라는 이유로 테러 소식에 유난히 더 마음이 쓰입니다.

바르셀로나는 10여 년 전에 닷새 정도 머문 적이 있어요. 이번에 가려던 곳이기도 했죠. 바르셀로나에서 한 시간 거리에 있는 지로나에는 학원에서 만난 친구가 살고 있고요. 그리고 사그라다 파밀리아 성당! 이번 테러의 원래 목표였다는 그 성당을 보았을 때 제가 얼마나 감탄을 했게요. 성당을 나와 콜럼버스 동상이 보이는 바다까지 걸었던 그 길이 이번 참사가 일어난 람블라스 거리라는 걸 조금 전 구글맵으로 확인했어요.

테러가 일어났다는 런던의 웨스트민스터 브리지를 걷던 밤도

기억납니다. 그게 벌써 작년 일이네요. 친구 회사 근처에서 함께 점심을 먹고, 밀레니엄 브리지를 건너 테이트 모던을 둘러보고, 템스강을 따라 한참 걸어 도착한 곳이 웨스트민스터 브리지였어요. 웨스트민스터 브리지를 사이에 두고 런던 아이와 빅벤에 불이 들어오던 순간, 저는 강물에 반사되는 런던의 불빛을 바라보며 우수와 흥분을 느꼈던 것도 같아요.

그날 제가 보았던 풍경이 테러가 일어나던 날의 풍경과 크게 다르지 않았을 거라는 생각을 하면 이상한 기분이 들어요. 같은 시각, 같은 풍경을 보며 어쩌면 같은 감정을 느꼈을지도 모르는 누군가와 저의 운명은 어디에서 어떻게 갈린 걸까요? 그 현장에 있었던 사람이 저였을 수도 있다는 사실, 그 일이 제게 일어날 수도 있었다는 사실이 그 비극을 피했다는 안도감을 주기보다 오히려 불가해함을 안겨줍니다. 내가 아니라 그, 그때가 아니라 지금, 여기가 아니라 거기여야 할 이유를 저는 이해할 수 없으니까요. 아니, 그런 이유가 존재하기는 하는 걸까요?

바르셀로나 테러범이 모로코 출신이라는 소식은 제 마음을 더 복잡하게 만듭니다. 뉴스를 듣고 사진을 검색해보았어요. 10대 후반에서 20대 초반의 앳된 얼굴들은 다행히, 아니 당연히 제가 아는 얼굴들이 아니었어요. 하지만 낯설지는 않았어요. 모로코에서, 특히 사하라 사막의 마을에서 늘 만나던 얼굴들과 닮아 있었으니까요.

夢

mt.Fuji

낙타처럼 짙은 눈썹과 깊은 눈, 짧은 곱슬머리의 소년 또는 청년들은 마을에서 가장 친절하고 유쾌했죠. 여행자들을 만나면 언제나 환한 미소를 지으며 말을 걸곤 했어요. 그들의 이름은 너무 뻔해서 알아맞힐 확률 70%. 웬만하면 모하메드, 하산, 알리, 무스타파일 테니까요. 제가 아는 하산만 해도 세 명이고, 모하메드는 네 명이나 돼요. 한번은 마을 정원에 산책하러 갔다가 꼬마 네 명을 만났는데 그중 세 명의 이름이 무스타파여서 깔깔거리며 웃은 적도 있어요.

왜 갑자기 사막에서 만난 노마드 친구가 제게 했던 말이 생각나는 걸까요? 마을 밖 우물까지 물을 길러 가는 어린 여자애를 보며 그는 제게 "넌 정말 운이 좋아"라고 했었죠. 딱히 절 비난하기 위해 한 말은 아니었는데 괜히 내가 뭔가 잘못한 것 같은 기분이 들었던 것도 같아요.

자신에게 일어난 일이 아니더라도 타인의 사정을 미루어 짐작할 수 있는 능력을 공감력이라고 한다죠. 오래전 읽은 글에서는 공감할 줄 아는 능력이야말로 근대 윤리의 근간이라고 주장하더군요. 신으로부터 독립선언을 한 덕에 신의 가호를 더 이상 바랄 수 없게 된 우리가 사회 유지를 위해 유일하게 기댈 수 있는 인간의 능력이라는 거죠. 연대는 타인이 내 마음을 함께 느끼고, 내 사정을 이해해주리라는 믿음에서 시작된다는 그 말이 그때는 제법 그럴듯하게 여겨졌는데, 지금은 그게 꼭 맞는지 모르겠어요.

가령, 지금 이 순간에도 세계 곳곳에서 비참한 일들이 벌어지잖아요. 미디어가 발달해서 어느 곳의 소식이든 앉은 자리에서 보고 들을 수 있게 된 덕이지요. 하지만 대부분의 일들은 그냥 흘려버리는 뉴스에 불과해요. 또 끔찍한 일이 일어났구나, 어째서 저런 일이 일어나는 걸까, 인류에게 희망은 없는 걸까, 같은 그야말로 피상적인 질문이나 몇 개 던지고는 일상으로 돌아가는 거죠. 그중에 저 자신과 관련된 것에나 얄팍한 관심을 기울일 뿐이고요. 테러 소식을 듣고 지금 제가 마음을 쓰고 있는 것처럼 말이에요.

하지만 이런 연민과 관심이 얼마나 지속될까요? 여행에 대한 감흥이 잦아들면 이런 공감도 희미해지지 않을까요? 공감이 이렇게 주관적이고 선별적이라면, 우리는 공감의 힘을 얼마나 믿을 수 있는 걸까요? 어쩌면 공감의 주관성, 선별적 공감이 또 다른 폭력과 불의를 만들어내는 건 아닐까요?

여행이 남긴 질문은 끝이 없는 것 같습니다. 답을 찾겠다고 떠났지만 오히려 질문만 잔뜩 얻어서 돌아온 것 같아요. 오래오래 곱씹어봐야 할 일이겠지만요.

2017. 9. 2.

테러가 남긴 흔적들을
더듬어보며

지영아!

내가 곁에 두고 자주 꺼내 읽는 책인 프리모 레비의『이것이 인간인가』를 보면 이런 구절이 나와. "우연히 객차의 이쪽 문으로 내린 사람은 수용소로 들어갔고 다른 쪽 문으로 내린 사람은 가스실로 향했다."

그래, 네가 불가해함을 느꼈다는, 그 테러 현장에 있었던 사람이 너(나)였을 수도 있다는 사실. 그게 우리에게 안도감을 주기보다 삶의 지독한 부조리를 드러낸다는 점에서 슬픔을 안겨주지.

테러에 대한 네 생각의 흐름을 따라가다 보니 내게도 여러 생각이 스치고 지나간다. 많은 사람들이 겪었을 테지. 어쩌면 국경을 벗어나는 그 순간 느낄지도 몰라. 낯선 말과 문자를 쓰는 표정 없는 사람들이 나를 보고 미소 짓는다 해도 그게 꼭 환대의 의미는 아님을.

기우이길 바라지만 서양에서 유색인종은 언제고 염치없는 짓을 할 것만 같은 사람들로 분류된 지 오래. 잠시 머무는 여행자라 해도 예외는 없어. 검은 머리, 백인과는 다른 피부색을 지닌 이는 누구든 삐뚤어진 신(神)을 가슴에 품고 있을 수 있다는 의심이 그들 뇌리에 남아 있는 걸까? 억울한 마음에 내 안에 치우친 생각을 들여다보면서 나 역시 그들을 의심하기 시작한다.

 스웨덴에 입국도 하기 전에 남편과 나는 EU 내 프랑크푸르트 공항에서 입국심사를 치렀어. 당하고 겪어냈으니 '치르다'는 동사를 쓰는 게 무리는 아닐 거야. 심사는 까다로웠다. 어찌할 도리나 방도 없이 발생하는 크고 작은 테러에 당시도, 지금도 유럽 전역은 신경증에 가까운 불안을 달고 살잖아. 그러니 이해할 수는 있어. 하지만 언짢은 마음까지는 어쩔 수 없더라.

 탑승 전 면세점에서 구입한 스킨과 로션이 화근이었어. 내 가방이 검색대를 통과하자마자 게이트에 서 있던 키 큰 남자 직원 두 명이 나더러 잠깐 따라오라고 손짓하더군. 그들은 면세점에서 꼼꼼히 포장해준 비닐봉지를 찢고 유전자를 증식하는 관처럼 생긴 기계 안에 스킨과 로션을 차례대로 넣었어. 기계가 돌아가자 안에서 윙 하는 소리가 요란하게 들렸다. 아마도 폭발물이 아닌지 의심했겠지. 내 뒤를 따라오던 중국인 남자는 검색대는 문제없이 통과했지만 직원이 가방을 통째로 뒤집는 통에 아무렇게나 구겨 넣은 속옷이며 소지품들이 한꺼번에 쏟아지는 일을 당했어. 그는 자신의 토사물을 남들이 본 것처럼 순식간에 얼굴이 빨개졌지.

길게 늘어선 사람들의 표정엔 짜증이 묻어났지만, 이내 모두의 얼굴에 어쩌겠냐는 순응과 체념의 빛이 빠르게 스쳐 지나갔다.

환승 비행기에 오르고도 너무 과민한 대응이 아닐까 하는 불쾌감은 여전했는데, 스웨덴에 짐을 푼 이틀 뒤에 일어난 뮌헨 시가지 테러를 다룬 뉴스를 보다 그만 말을 잃고 말았다.

한낮, 패스트푸드점에 잠입한 아랍 남자는 시민 아홉 명의 손을 줄줄이 들어 올리게 하고 시내를 걷게 했어. 행렬의 맨 뒤에 선 아랍 남자는 시민들의 뒤통수를 향해 총을 겨누고 있었어. 전 세계에 빠르게 흩어진 이 사진 속 '포로들'은 분명 겁에 질렸겠지만, 멀리서 찍힌 그 사진에서는 어떤 감정도 읽어낼 수 없어서 그들이 느꼈을 두려움의 크기는 짐작조차 할 수 없었지. 아랍 남자는 기어이 일을 치른 후 "알라는 위대하다"를 외치고 자신의 인생도 그 순간 끝냈다.

연구소 세미나에서 반복적으로 제기되었던 건, 이제 스웨덴 이주민 정책은 시험대에 올랐다는 거야. 아직은 서로를 믿는 사회지만 곳곳에서, 일찍이 한 번도 경험해보지 못했던 (이주민) 범죄가 늘어나기 시작하면서 스웨덴 정부도 나라 '어르신들'의 눈치를 살핀다는 거지.

스웨덴에 도착한 지 얼마 안 되었을 때의 일이야. 우리는 버스 정류소를 찾아 헤매는 중이었는데, 저만치서 스웨덴 노인 두 분이 이야기를 나누고 있기에 다가가 정중하게 "말씀 좀 여쭈어봐도 되겠느냐"고 물었어. 그랬더니 그들 중 여성 한 분이 손을 번쩍 들어

"NO!"라고 단호하게 말하고는 고개를 홱 돌리는 거야. 차갑게 거절하던 그 손보다도 우리를 경계하는 눈빛이 더 매서워서 바로 쪼그라들었던 기억이 나.

유쾌하지 않은 경험이 몇 번 반복됐다고 해서 전부인 것처럼 과장하거나 일반화시킬 생각은 없어. 다만 여전히 선뜻 이름 붙일 수 없는 불가해한 슬픔이 1년이 다 되어가는 지금도 무겁게 남아 있는 것만은 사실이야.

해외에서 사건 사고가 발생하면 우리나라 매스컴에서는 가장 먼저 한국인 피해자가 있는지부터 헤아리지. '지구촌은 하나'라는 구호를 들먹이지 않아도 생명은 다 고귀한 것인데, 한국인 피해자가 없으면 그걸로 됐다며 그 '사건'은 단신 처리로 끝맺잖아.

국제 사회의 복잡한 정치역학 속에서 언제든 3차 대전이 일어날 가능성도 배제할 수 없다지만, 이제 전쟁의 양상이 바뀌고 있다는 건 누구라도 알지. 북한의 그칠 줄 모르는 핵실험과 미사일 위협, 미국이 아닌 유럽 각국에서 발생하는 다양한 방식의 테러들.

대량으로 죽이고, 빼앗고, 삶의 터전을 무참히 파괴하던 양상이 과거의 전쟁이었다면, 지금은 테러리스트라는 이름의 주모자들이 한 사람, 한 사람 개개인의 영혼을 산산이 부수어 회복하기 어려운 지경으로 몰아가지. 일부 사람만을 타깃으로 삼거나 도시 전체를 거머쥐고 협박하면서. 그들이 원하는 대로 꼭 테러에 희생당한 사람들이 아니어도 우리는 모두 심리적으로 부정적인 영향을 받고, 행동반경은 극히 좁아진다(스페인에 여행을 가도 괜찮을까?). 이것이 공포 정치의 메커니즘과 뭐가 다를까?

명명(命名)이 가공할 만한 정치적 행위임을 감안하면 '테러리즘'이란 말이 제대로 쓰이고 있는지도 의문이야. 내 생각에 테러리즘이라는 말은 지배 권력이 언제든 편리하게 마른 논에 끌어다 쓸 수 있는 물 호스 같은 것이라, 자신들이 구축해놓은 사회 질서나 정치 행위에 반하거나 동조하지 않는 사람들에게는 언제라도 "너도 혹시 테러리스트와 한통속이 아니냐?"라고 싸잡아 물을 근거로 작동하는 하는 스위치인 것 같거든.

이 분야 연구자들은, 테러 행위가 존재하기 때문에 테러리즘이란 정의가 가능한 것이 아니라, 테러리즘이란 단어를 사용하기 때문에 테러 행위가 명명되는 것이라고 말한다.

벌써 15년도 더 된 일이야. 한국에서도 2002년 월드컵을 치르기 전 안전과 안보를 이유로 테러방지법 제정을 이루려 했고, 이후로는 여러 차례 제정 시도가 있었지만 시민사회의 반대에 부딪히며 번번이 무산되었지. 그전까지 생소하기만 했던 '필리버스터'라는 멋진 정치 행위가 우리에게도 있음을 국민들에게 알려준 것도 테러방지법 제정을 둘러싼 투쟁이었던 걸 기억할 거야.

테러방지법 제정을 그토록 막으려 했던 건, 테러가 일어날 수 있다는 가정 아래 국정원 같은 국가기관에 무한의 힘을 실어줘서 개인의 권리를 합법적으로 약화시키겠다는 의도가 읽혔기 때문이지. 그렇게 되면 국가는 내국인, 외국인을 불문하고 그들의 자유를 제한하고 축소하려 들 테니까.

그럼에도 불구하고 여전히 답답함은 남아. 우리가 지켜낼 수 있는 자유와 평등의 가치는 어디까지이고, 언제까지일까 하는. "지구촌 곳곳에서 테러가 일어나는 걸 두 눈으로 확인하고도 이러기야? 언제 어디든 속속들이 볼 수 있는 카메라(CCTV) 좀 설치해야겠어", "검문에 순순히 응해, 당신들의 신변을 보호하기 위해서야", "물건을 사고 싶어? 그럼 이 박스에 동의라고 표시해."

온갖 곳에서 내 안전을 빌미로 나를 모조리 까 보이라는 사실상의 명령에 우리는 언제까지 저항할 수 있을까? 개인의 일거수일투족이 낱낱이 드러나던 수많은 영화들도 뇌리를 스치고 지나간다. 〈토탈 리콜〉, 〈트루먼 쇼〉, 〈가타카〉, 〈마이너리티 리포트〉, 액션이 더해진 〈본〉 시리즈. 우리는 이런 영화들에 또 얼마나 열광했었니?

앞서 스웨덴도 믿음과 신뢰로 이룬 사회에 혹여 균열이 갈까 염려하는 사회 구성원들이 늘고 있다고 말했지만, 그럼에도 여전히 스웨덴 사회는 신뢰가 시스템으로 정착된 좋은 본보기야.

주차장에 차를 세울 때 내가 이곳에 얼마 동안 주차해두겠다고 표시해두는 '스키바' 카드는 좋은 사례야. 만일 자신이 3시간 정도 주차할 예정이면 카드 안에 담긴 숫자를 3에 맞추어 두는 거야. 그리고 3시간 안에 돌아와 차를 빼지. 그 시간이 넘으면 무인 정산대에 돈을 내면 되고. 그렇다 보니 주차비를 받겠다고 조그만 주차 요금 정산소에 사람을 가두어두지 않아. 의자 하나 놓일 그 좁은 공간 안에서 주차 정산 요원은 차량으로 가득 찬 모니터들만 종일

들여다봐야 하고, 차가 들고 날 때 주차카드의 코드를 찍어서 계산해야 하잖아. 물론, 이마저도 무인 정산 시스템을 만들어 인건비 빼앗지 말고, 그냥 사람을 고용해서 실업 인구 줄이라고 하면 달리 할 말이 없지만 말이야.

2017. 9. 10.

여전히 여행 중

언니!

언니의 편지를 읽으며 연신 고개를 끄덕이게 됩니다. 공포가 가하는 가장 강력한 해악이 있다면 그건 바로 인간에 대한 신뢰를 산산조각낸다는 것. 불신이야말로 이 시대 우리의 자유를 제약하는 가장 강력한 힘인 것 같아요. 정치적 탄압이나 물리적 폭력이 우리의 자유를 앗아가는 시대는 지났죠. 모든 불행의 주인공이 나일 수도 있다는 불안 때문에 누구도 믿지 못하게 됨으로써 내 생각과 행위에 스스로 한계를 긋는 지금이야말로 그 어떤 시대보다 자유가 억압당하는 시대가 아닐까요?

한국 사람들은 제가 모로코나 터키에 갈 거라고 하면 위험하지 않으냐고 물어보더군요. 외국 사람들은 제가 남한에서 왔다고 하면 거기서 사는 건 안 위험하냐고 묻고요. 그들에게 제가 해줄 수 있는 말은 벨기에나 프랑스, 영국 같은 유럽의 도시가 더 위험하지 않으냐는 말뿐이었지만, 대부분은 그냥 웃고 말았죠.

결국 세계 어디에도 안전한 곳은 없잖아요. 어디 그뿐인가요. 최근 생리대 사태가 보여주듯 먹는 것, 입는 것, 자는 곳, 싸는 것, 어느 한 가지도 안전한 건 없어요. 결국 우리는 누구도, 심지어 국가도 우리를 지켜줄 수 없다고 생각하기에 이르렀고, 우리를 지키는 건 우리 자신이라는 생각으로 각자도생의 길을 걷습니다. 해외에서 천연 소재 생리대를 직구해서 쓰고, 무농약 유기농 식품을 먹고, CCTV 설치를 늘리면서요. 밤늦게 다니지 말고, 짧은 치마를 입지 말고, 낯선 곳엔 가지 말고, 낯선 사람과 함께 엘리베이터를 타지 말고, 낯선 사람의 호의는 의심해야 하고, 낯선 사람은 나쁜 사람이라고 스스로에게, 아이들에게 가르치면서요.

이렇게 우리는 하고 싶고, 가고 싶고, 알고 싶은 것들로부터 물러나 점점 나와 안전하다고 생각하는 울타리 안으로 움츠러들어요. 공포는 이런 식으로 우리의 자유를 제한함으로써 우리의 자아를 축소시키고 마침내는 고립시키죠. 문명이 최첨단으로 치닫고 있지만, 아니, 문명이 최첨단으로 치달을수록 정글 한가운데서 돌멩이 하나 손에 들고 밤을 보내야 했던 우리의 머나먼 조상들보다 나을 것 없는 상황으로 변하는 것 같아요. 그러니 우리는 어떻게 살아야 하는 걸까요?

저는 이런 과도한 불안과 공포, 거기에 굴복하는 것에 대해 이상한 저항감이 있는 것 같아요. 어쩌면 이상한 숙명론과 맞닿아 있는 것 같기도 한 오기, 혹은 오만인지도 모르겠지만요. 일어날 일은 일어나게 되어 있고, 그건 피할 수 없고, 그러니 나는 그저 내가 하고자 했던 대로 하는 수밖에 없다, 뭐 이런 심리죠. 아예 무심할 수는 없지만, 제 노력이, 과학기술이, 관리와 감시가, 이 모든 공포들을 해소해주거나 방지해줄 수 있을 거라는 생각은 별로 하지 않아요.

그런 면에서 저는 자유로운지도 모르겠어요. 게을러서 못 가는 곳은 있어도 위험할까 봐 못 간 곳은 없으니까요. 낯을 가려서 피하는 자리는 있어도 사람에 대한 경계심은 없어서 새로운 친구를 사귀는 데도 두려움이 없죠.

그러나, 그렇기 때문에 나는 자유롭다고 말하는 게 얼마나 오만한 생각인지도 알아요. 이렇게 쉽게 말할 수 있는 건 이제껏 운이 좋아 제가 큰일을 겪지 않았기 때문이니까요. 끔찍한 일을 겪고도 제가 하던 대로 살겠다고 말할 수 있을까요? 아마 그렇게 말하지는 못하겠지요.

잘 모르겠어요. 다만 저는 이제까지 살아온 것처럼 앞으로도 지금 제게 열린 길들, 저를 향한 손짓들에 응답하며 살고 싶어요. 공포와 공포를 조장하며 우리를 얽어매는 그 어떤 힘에 지지 않을 테야, 하는 마음으로요. 저를 비껴갔던 무수한 재앙을 생각하며 감사하는 마음으로, 지금 이 순간에도 다가오고 있을지 모를 재앙을 생각하며 겸손한 마음으로요.

개강했지만 무더위가 계속되고 있어요. 산사나 다름없는 제 연구실에 앉아 있자니 근 일 년 만에 부산으로 돌아오던 날이 문득 생각나네요. 벌써 한 달이나 되었는데, 어제의 일처럼 생생해요.

아무도 마중 나오지 않는 공항, 아무도 기다리는 사람이 없는 도시. 그래도 집이라고 돌아온 나. 그래서 그랬겠죠. 영화의 한 장면처럼 자동문이 슬로우 모션으로 열리는 순간 잠시 두근거렸던 건. 내 쪽을 향한 수십 개의 얼굴들 사이로 나를 보며 환히 웃는 미소가 있지 않을까 했어요. 그런 미소는 없을 거라는 걸 알면서도 말이에요.

그래서 더 아무렇지도 않은 척 굴었는지도 모르겠어요. 그저 며칠 다른 도시에 일을 보고 돌아온 사람 마냥 씩씩하게 게이트를 빠져나와 택시를 타러 갔죠. 어디로 어떻게 가야 할지 안다는 사실, 유창한 한국어로 목적지를 말할 수 있다는 사소한 사실을 위안 삼으면서요. 목적지를 말해도 아무 대꾸 없이 출발하는 운전기사가 잠깐 불쾌하기는 했지만, 한편으로는 내가 알던 바로 그 도시에 돌아왔다는 게 실감이 나서 안도감이 느껴졌어요. 심지어 하루 종일 환기를 시키지 않은 채 에어컨을 틀어놓은 택시에서 나는 특유의 냄새마저 익숙했어요. 창밖으로 보이는 풍경도 변한 게 없었죠.

그러다 잘 닦인 도로 양옆으로 뜨거운 햇살을 받고 서 있는 가로수들이 빠르게 지나가고, 멀리 낙동강이 느리게 흘러가는 모습이 보이기 시작할 무렵 정체를 알 수 없는 감정이 밀려들었던 기억이 나요. 굳이 이름을 붙이자면 피곤함이라고 할까요?

아무리 여행이 즐거웠어도, 또 기다리는 일상이 지긋지긋하다 해도, 집이 가까워져 오면 안도감과 편안함을 느끼기 마련이잖아요? 익숙한 동선을 따라 집에 당도하여 오랫동안 잠겨 있었던 문을 열고 들어서는 일, 가방은 일단 아무 데다 팽개쳐두고 옷도 갈아입지 않은 채 침대에 몸을 던져 내 머리 냄새가 밴 베개에 코를 묻고는 "아, 드디어 집에 돌아왔구나, 힘들었지만 정말 멋진 시간이었어" 하고 말하는 순간을 기대하면서 말이죠.

그러나 저를 기다리는 건 전혀 다른 종류의 일이었어요. 낯선 건물에 들어가 낯선 사람에게 도움을 청해야 했죠. 최대한 공손히 인사를 하고, 여기 머물겠다고 미리 연락했었는데 지금 들어가도 되겠느냐고 말이에요. 내 방이 몇 호인지, 현관의 비밀번호는 무엇인지 물어보고 알려준 숫자들을 잊어버릴까 봐 계속 입으로 되뇌어야 했죠. 그 방이 엘리베이터에서 내려 복도 왼쪽에 있는지 오른쪽에 있는지까지 물어볼 수는 없으니 직접 찾아야 했고, 현관의 비밀번호를 누르고 마지막에 별표를 눌러야 하는지 아니면 샵 버튼을 눌러야 하는지도 직접 해보고 알아냈어요. 이 모든 과정을 거치고 나서야 저만의 공간으로 들어갈 수 있었어요.

그렇게 나만의 공간에 입성한 다음에도 진짜 편안해지기까지는 한참 걸렸어요. 가장 아늑하고 편안한 자리를 찾기 위해서 한참 방안을 서성여야 했고, 수도꼭지를 얼마나 돌려야 적당한 온도의 물을 쓸 수 있는지도 여러 번 해본 후에야 알게 되었죠. 부족한 살림살이를 채워 넣고, 생활을 위한 동선들을 파악하고, 밥은 어떻게 해결할 수 있는지, 쓰레기는 어떻게 버려야 하는지도 일일이 알아봤어요.

이 모든 일은 집에 돌아왔을 때 하는 일이 아니잖아요? 그건 정확히 새로운 여행지에 도착했을 때마다 해야 하는 일이죠. 집에 돌아온다는 것은 더 이상 이런 일들을 하지 않아도 된다는 것을 의미하니까요. 모든 것이 익숙한 모습 그대로 나를 기다리고 나만 그 자리에 조심스럽게 끼어드는 것, 그게 집에 온다는 의미니까요. 그런 편안함과 안정감 때문에 집에 돌아가고 싶은 거고, 그게 그리워질 무렵 집으로 돌아갈 것을 결심하죠.

저 역시 그랬어요. 말 한마디 안 하고 며칠씩 지내도 외롭지 않고, 돈도 시간도 여유가 있지만 이만하면 됐다고, 일단 이 정도에서 마치고 돌아가자고 생각한 것은, 그런 익숙함과 안락함이 그리워졌기 때문이었어요. 그런데 현실은 그 기대를 무참히 배반했고요.

그로부터 한 달이 지났어요. 그리고 생각만으로도 피로감을 느끼게 하던 모든 일들을 그럭저럭 헤치웠습니다. 조그만 제 방에도 어느덧 익숙해졌고요. 오늘 낮에는 개강하고도 미뤄두었던 연구실을 정리했어요. 한참을 방치해 두었던 책장 선반의 먼지를 닦아내고 산더미처럼 쌓여 있던 우편물을 하나하나 열어 보며 버릴 것과 읽을 것으로 분류했어요. 그리고 나니 드디어 집에 돌아온 느낌이 나는 것도 같아요. 어쩌면 집은 이렇게 오랜 시간 공을 들여 천천히 만들어 가는 건지도 모르겠어요.

그리고 새로운 학생들을 만나 새로운 이야기를 시작한 지 일주일이 되었습니다. 새로운 여행인 셈이지요. 즐겁고 신나는 일 못지않게 피곤하고 힘든 일도 많이 기다리고 있을 거예요. 하지만 제가 낯선 공간에 익숙해졌듯 그 또한 익숙해질 거예요. 그러니 지난 여행이 새로운 여행으로 인해 퇴색될까 봐 염려하는 건 어리석은 일이겠죠? 카파도키아의 초원에서 가져온 꽃잎들이 말라가며 또 다른 아름다움을 자아내는 것처럼 지난 여행은 또 그렇게 바래지며 아름다워질 테니까요.

2017. 9. 12.

여행이 내게 남긴 것

지영아!

황금 들녘이 바람이 불 때마다 반짝이며 빛 잔치를 벌이고 있다. 서울을 멀리 떠나온 게 이제야 실감이 나네. 나는 지금 지방 출장 가는 버스 안에 앉아 있어. 앞 좌석에 앉은 아주머니는 반소매를, 뒷좌석에 앉은 아저씨는 긴소매를 입고 있어. 가을 햇볕이지만 아직 여름이 숨어 있다는 증거겠지. 계절의 순환은 계절이 떠나는 여행. 세상에는 이렇게 여행이라고 이름 붙일 만한 게 참 많다.

내가 말한 적 있나? 내 친구가 결혼한다고. 뒤늦게 연애를 시작해서 서로 많이 좋아했지만, 나이가 든다고 저절로 편안해지는 않는 관계의 속성 탓에 친구는 마음도 다치고 울기도 여러 번 했어. 그때마다 위로한답시고 마주앉아서 사람 관계, 특히 복잡미묘한 연애 관계에서 무엇은 접고 무엇 정도는 기대해도 좋은지 우왕좌왕하며 서로 이야기를 나누곤 했어.

지금 이 감정은 무얼까, 이렇게 함부로 흔들려도 되는 걸까? 사랑에 빠지면 수시로 날아오르고, 아무 데나 주저앉고, 맥락 없이 붙들리고, 아무 때고 콧등이 시큰해지니 밤은 필요 이상으로 까맣고 아침은 잔인하지. 그렇게 무수히 많은 모래성을 지었다 부수었다 하면서 스스로 다그쳐온 우리는 비로소 현명해졌을까, 하면 그건 또 아니지. 배운 대로 못 하는 게 사랑이고, 열과 성을 다한다고 배워지는 것도 아니라서, 이 감정에서만큼은 끝내 어떤 배움도 무용할지 모르겠어. 그럼에도 친구는 이달 말에 결혼한단다. 모르는 여정이지만 떠나보겠다고 결심한 거야!

우리 나이쯤 되면 대부분의 경조사가 조사 위주가 되곤 하잖아. 오랜만의 그야말로 '경사' 소식에 주변 반응은 뜨거웠어. "아니, 남들은 관계 정리할 나이에 결혼이라고?", "잘 생각해 봐, (되돌리기엔) 아직 늦지 않았어" 하며 친구들은 잘도 놀려대더구나. 하지만 그러면서도 두 사람을 향한 오랜 우정에서 비롯된 기쁨을 진짜 행동으로 보여주었어.

주례 없이 지인들끼리 평범하게 식을 치르자 해서 친구들이 몇 가지 축하행사를 준비하고 있다. 나는 사회를 보기로 했고, 다른 몇몇 동료들은 축가를 부르기로 했어. 엉망진창인 율동과 노래로 하객들을 분명 아연실색하게 만들겠지만, 또래로서는 아마도 마지막 결혼'식'일 테니 우리끼리는 점심시간도 반납하고 서로의 어색한 율동에 낄낄거리며 즐거운 한때를 보내고 있다. 내 친구는 그렇게 두렵기도 하겠지만 여전히 가보지 않은 길이라 설렐 여행인, 결혼을 앞두고 있다.

어쩌면 가장 크고 무섭고 두려우면서도 우리를 꼼짝 못 할 만큼 황홀하게 만드는 여행은 타인에로의 여행, 타인과 함께하는 여행일 테지. 오는 사람과 가는 사람, 머무는 사람과 일어나는 사람, 날아오르는 사람과 주저앉는 사람, 울고 있는 사람과 웃는 사람 그리고 나를 사랑하는 사람과 내가 사랑하는 사람. 그 엇갈림 속에 생의 여러 얼굴들을 마주하는 이 여행이 슬픈지, 아름다운지는 여행을 하는 동안에는 선명하게 알 수 없다 해도 말이야.

여행을 떠나기로 마음먹고 준비하는 과정이 더 즐거울 뿐, 이제 어딜 가도 새로운 지역에 대한 호기심이 마구 솟아나는 곳은 드물어. 생각해보면 지금까지의 여행은, 과정은 무시한 목적지로의 여행이었어. 어느 노선이 더 빠르고 안전한가, 무엇을 이용해야 더 효율적이고 경제적인가, 얼마나 계획을 빼곡하게 잘 짜야 낭비 없이 알차게 둘러볼 수 있을까. 하지만 일정을 쫓아가며 계획했던 장소들을 빠짐없이 둘러보았던 것보다, 일정이 어그러지면서 그곳에서밖에는 할 수 없는 뜻밖의 경험을 했을 때 돌아오고 나서 더 강렬한 기억으로 남는 걸 보면 여행은 예정 따윈 무시해도 좋을 우연인지도 몰라.

올봄, 서울 시청 건물 정면에 쓰인 "처음 뵙겠습니다. 오늘입니다"라는 커다란 문구와 마주했을 때, 내 안에서 뭔가 쿵 하고 떨어지는 소리를 들었어. 어제도 아니고 내일도 아닌 바로 오늘이 건네는 인사. '오늘'은 그렇게 매일 인사를 건넸는데도 나는 한 번도 제대로 화답한 적이 없다는 자각이 새삼스레 들었지. 월급날 통장에 돈 들어오듯 내 인생 통장에 날마다 하루씩 들어오는데 그 하루를 어떻게 쓰고 있는지 가계부를 정리하기는커녕 지출 경로도 모르고 살아온 거야.

아침이면 바삐 직장에 출근하고 이리저리 휩쓸려 다니다 어두워져서야 퇴근하고 방전된 몸과 마음을 충전하려 잠을 자고 다시 바삐 출근하는 아침. 이런 매일을 더는 견딜 수 없을 때 사람들은 돈과 시간을 긁어모아 탈출구로서 여행을 꿈꾸잖아. 다녀오고 나서는 멀리 다녀온 기억이 오래전에 먹은 철분제처럼 몸 안에 쌓여 기력이 다한 순간에 괴력을 발휘해주길 바라면서. 그마저도 약발이 다했을 땐 다시 또 꼼지락거리며 어디론가 떠날 계획을 세우지만.

멀리 떠날 때 그 '먼 곳'은 안개 속의 풍경만큼 희미하지만 제대로 보여주지 않아서 더욱 매력적이고. 마침내 당도하여 짐을 풀고 일상을 지내다 보면 어느새 신비로움은 낯낯해져 친근하고 편안해지니 한동안은 짐 꾸릴 이유를 찾지 못하지. 혹 그곳에서 사랑하는 이라도 만난다면 그때부턴 벗어나고 싶지 않은 낙원처럼 느껴지기도 하겠지만, 시간을 견디는 로맨스는 없고 어느 지점엔 반드시 반환점이 있으니 떠나왔던 곳으로 결국 돌아와야 하지. 그것도 돌아왔다는 테이프를 온몸으로 끊어내면서 말이야. 이 반복을 언제까지 할 수 있을까? 이 반복도 어느 순간 지겨워지지 않을까?

다시, 지난 여행들이 내게 준 것을 찬찬히 짚어본다. 더 어렸을 때는 몸으로 끊어내는 테이프의 의미를 몰랐던 거 같아. 테이프는 죽어버린 일상의 허물 같은 것이어서 얼른 끊고 또 새로운 테이프를 찾아 헤매느라 '지금, 여기를 달리고 있다'는 게 무엇인지 모르고 살았거든. 두려움과 신비로움은 줄거나 사라지지만 친근한 일상의 '초대'에 기꺼이 응해서 지금, 여기를 사는 것, 그래서 처음 뵙겠다고 인사하는 오늘에게 나 역시 "처음 뵙겠습니다, 잘 부탁드립니다" 하고 화답하는 것, 이것이 어쩌면 진짜 여행일지도 모르겠어.

지영아,
많이 거칠지만 여행이 내게 남긴 침전물은 이것이로구나. 너에게 지난 여행은 어떤 것이었고, 지금은 어떤 상태이니?

2017. 9. 20.

우리의 이야기는 아직 만들어지는 중

언니!

이번 학기 수업 중에 영화를 보고 인생에 대해 이야기하는 시간이 있어요. 졸업을 앞둔 4학년 수업이라 이론을 공부하기보다는 여행의 플롯을 담고 있는 영화를 보면서 새로운 세계로 나아가는 일에 대해 함께 생각해보는 게 수업 목표예요. '인생=여행'이라는 메타포와 여행의 서사 구조를 통해 각자 자신의 삶을 읽어보자는 거죠.

아이들은 자신의 삶을 무엇인가를 추구하는 탐색의 서사로 구성하기도 하고, 반복과 변주의 서사로 구성하기도 해요. 사실 저는 탐색의 서사로 자기의 삶을 인식하는 경우가 더 많을 거라고 생각했어요. 집을 떠나(분리) 모험(시련)을 겪고 성취(통합)하는 이 줄거리야말로 우리 사회의 전형적인 성공 서사잖아요. 꼭 그런 사회적 통념 때문이 아니더라도, 부모로부터의 독립, 자유의 쟁취를 위해 집을 떠나기를 갈망하는 게 그 나이 때에 당연히 바라는 것 아닌가, 하고 생각했거든요. 하지만 아이들의 생각은 제 예상과 다르더군요.

그 차이를 이해하게 된 건, 어째서 꼭 시련을 겪어야만 사회적인 성취나 자아 성취에 도달할 수 있는가, 하고 아이들이 질문을 했을 때에요. 아이들에게는 분리와 시련에 대한 두려움이 자유에 대한 갈망이나 새로운 것에 대한 호기심보다 더 크다는 것을 알게 되었죠. 실패에 대한 안전장치가 없는 사회가 '실패는 성공의 어머니'라든가 '아픈 만큼 성숙해진다' 같은 격언들을 고리타분한 헛소리로 만든 탓일까요? 우리 사회에서는 단 한 번의 실패가 '인생 폭망'을 의미하고, 아픔은 피할 수 있으면 피해야 할 일이 되었다는 게 실감이 납니다.

여행도 마찬가지예요. 여행에서 실패나 아픔은 피해야 하는 일일 뿐 아니라 피할 수 있는 일이 되었어요. 구글맵 덕분에 길을 잃을 염려가 없고, SNS 덕분에 실패의 확률이 적어졌죠. 어느 도시에 가면 어디 어디를 꼭 가봐야 하고, 무엇을 사고 무엇을 먹어봐야 하는지, 심지어 어디에서 어떤 각도로 사진을 찍으면 '인생 샷'을 건질 수 있는지까지 인터넷을 통해 알아낼 수 있어요. 여행은 그야말로 공인된 코스를 따라다니며 인증 샷을 올리고 '좋아요'라는 스코어를 받아 '미션 클리어' 하는 일종의 게임이 되어버린 지 오래인 것 같아요. 우리가 하는 탐색(quest)이란 것도 딱 요만큼인 거죠.

그러니 여행이, 책, 사랑과 더불어 자기를 변화시키는 가장 큰 계기가 될 수 있다고 한 말도 옛말이 되었어요. 여행, 책, 사랑이 자아를 변화시킬 수 있다고 믿었던 것은 타자와의 충돌이라는 엄청난 사건이 발생하는 계기이기 때문일 텐데, 여행에서조차 우리는 타자를 만나지 못하게 되었으니까요. 지나가는 사람에게 길을 물어보지 않아도 길을 찾을 수 있고, 낯선 여행자에게 말을 걸지 않아도 심심하면 SNS로 친구와 대화하면 돼요. 길을 잃지 않으니 새로운 곳에 갈 일도 없고, 낯선 여행자와 대화하지 않으니 새로운 친구를 사귈 일도 없어요. 타자를 만나지 못하니 자아가 위기에 처할 일도 없고, 자아가 위기에 처하지 않으니 자아가 해체되고 재구성될 일도 없죠. 이게 지금 우리가 하고 있는 여행의 본질 아닐까요?

레베카 솔닛은 『멀고도 가까운 : 읽기, 쓰기, 고독과 연대에 관하여』에서 장소가 우리의 일관성을 유지하게 해주고 우리 삶의 맥락을 제공해준다고 이야기한 후 이렇게 덧붙여요.

멀리 떨어진 장소들은 그곳에 우리 자신의 역사가 깊이 새겨져 있지 않다는 이유로, 그곳이 우리로 하여금 다른 이야기 또는 다른 자아를 상상하게 해준다는 이유로, 혹은 그곳에서는 술을 잔뜩 마시고 휴식을 취할 수 있다는 단순한 이유로 안식처가 되어준다.
세상이 크다는 사실이 구원이 된다. 절망은 사람을 좁은 구멍에 몰아넣고, 우울함은 말 그대로 푹 꺼진 웅덩이다. 자아를 깊이 파고들어 가는 일, 그렇게 땅 밑으로 들어가는 일도 가끔은 필요하지만, 자신에게서 빠져나오는 일, 자신만의 이야기나 문제를 가슴에 꼭 붙들고 있을 필요가 없는 탁 트인 곳으로, 더 큰 세상 속으로 나가는 반대 방향의 움직임도 마찬가지로 필요하다. 양쪽 방향 모두 떠날 수 있는 능력이 중요하며, 가끔은 방으로 혹은 경계 너머로 나가는 일을 통해 붙잡고 있던 문제의 핵심으로 들어가는 일이 시작되기도 한다. 이것이야 말로 말 그대로 풍경 안으로 들어온 광활함, 이야기로부터 당신을 끄집어내는 광활함이다.

흔히들 인생에서 겪는 무수한 사건들로 자기 서사, 자기 이야기를 만든다고 하잖아요? 그렇게 각자의 서사를 만들면서 자기의 삶을 이해하게 된다는 거죠. 누군가는 프로이트식 가족 로망스로, 누군가는 지리멸렬한 모더니즘 소설로, 누군가는 악과 대결하는 서부극의 이야기로 각자의 이야기를 써나가요. 하지만 한번 만들어진 이야기를 수정하는 일은 좀처럼 쉽지가 않아요.

레베카 솔닛은 새로운 서사를 만드는 방법으로 '멀리 떨어진 장소'에 가는 것을 제안해요. 자신의 역사가 새겨져 있지 않은 다른 곳에서라면 다른 이야기를 상상할 수 있게 될 거라고요. 그런 의미에서 '세상이 크다는 것이 구원이 된다'라고도 말하죠. 새로운 서사를 쓸 가능성이 높다는 뜻이니까요.

저 역시 그녀의 말처럼 '멀리 떨어진 곳'에 가면 제 삶의 이야기를 새로 쓸 수 있으리라고 기대했던 것 같아요. 여행을 다니면서 계속 불안해했던 이유도 그거예요. 익숙한 곳에서 멀리 떨어져 나를 바라보면 새로운 관점으로 세상과 나 자신을 볼 수 있으리라고 생각했는데, 언니에게도 여러 번 하소연했듯, 낯선 곳에서도 제 고민은 언제나 저 자신에게로 귀결되고, 세상을 보고 던지는 질문이나 그에 대해 답을 찾는 방식 역시 그다지 달라지지 않은 것 같으니 정말 답답했죠. 마지막 희망이라고 믿고 열어본 요술 주머니에서 '꽝'을 뽑은 기분이랄까요? 여행마저 나의 이 지긋지긋한 서사를 바꿔놓지 않는다면 새로운 이야기를 쓰는 건 영 글렀구나, 하는 마음? 그러니 '구원'은 없는 걸지도 모른다는 절망감?

그런데 레베카 솔닛의 글을 읽고 보니 제가 과연 '멀리 떨어진 곳'에 다녀온 것인가 하는 생각도 들어요. 이놈의 전 지구적 자본주의와 와이파이 덕분에 아무리 멀리 떠나도 '멀리 떨어진 장소'에는 도달할 수 없게 되어버린 게 아닐까 하는 생각도요. 어디에나 스타벅스가 있고, 어디에서든 내 친구들과 연결되는 세상을 어떻게 크다고 할 수 있겠어요? 우리 세대, 그리고 우리보다 어린 세대에게는 도전정신과 패기가 문제가 아니라 근원적으로 모험의 서사가 허락되지 않는 시대를 산다는 게 문제인지도 모르겠어요. 오로지 반복의 서사만이 가능하죠.

그러므로 이제 우리에게 진짜 필요한 건 모험을 떠나는 용기가 아니라 반복 속에서 차이를 읽어내는 예민한 감각인지도 모르겠어요. 너무나 미묘해서 아주 주의를 기울이지 않으면 감지하기 힘든 차이들 말이에요.

굳이 말하자면 저는 아주 '멀리 떨어진 곳'에 다녀왔음에도 불구하고 새로운 서사를 찾는 데 실패했다고 할 수 있을 거예요. 긴 여행을 마치고 돌아와서 다시 만난 세상은 제가 알던 세상 그대로이고, 저의 우울감이나 외로움도 여전해요.

그래도 달라진 게 아주 없지는 않아요. 이전에는 별로 의식하지 않았던 것들이 눈에 들어오니까요. 길 가다 부딪혀도 미안하다는 말 한 마디 하지 않고 그냥 지나가는 사람들, 고맙다고 인사해도 묵묵부답인 점원들, 횡단보도에 사람이 서 있어도 아랑곳하지 않고 먼저 가는 차들, 자리에 앉기도 전에 출발하는 버스들, 그리고 같은 엘리베이터를 탄 사람에게 인사는커녕 눈길조차 주지 않는 제가 새삼스러워 보여요.

그뿐만이 아니에요. 10년 가까이 지내면서도 한 번도 안 가본 학교 근처의 골목 사이를 탐험하기도 하고, 그 자리에 있는 줄도 몰랐던 나무들을 발견하고 자주 멈춰 서요. 부산의 하늘이 예쁜 줄도 예전에는 몰랐어요. 대단한 모험과 시련을 겪은 건 아니지만, 다른 세계로 떠났다 돌아오지 않았다면 이런 작은 차이들이 보였을까요?

이런 차이들은 너무나 사소하고 파편화되어 있어서 이미 견고하게 짜여 있는 제 서사에 어떤 영향을 미칠 수 있을지, 영향을 미치기나 할지 아직은 잘 모르겠어요. 어쩌면 아무런 영향을 미치지 않을지도 몰라요. 하지만, 이야기는 끝나 봐야 끝이 나는 거고, 끝나기 전까지는 현재 시점에 따라 늘 새롭게 써질 수 있는 거잖아

요. 그리고 우리 앞에는 그래도 꽤 많은 '현재'들이 남아 있을 테고
요. 그러니 우리의 이야기는 아직 만들어지는 중이 아닐까요?

2017. 9. 30.

우리는 서로의 이름을 부르며
자신의 안부를 물었다

초판 1쇄 인쇄 2018년 5월 15일
초판 1쇄 발행 2018년 5월 21일

지은이 김민아 윤지영

발행인 양문형
펴낸곳 글레마
등록번호 제313-2008-31호
주소 서울시 종로구 대학로 14길 21 (혜화동) 민재빌딩 4층
전화 02-3142-2887   팩스 02-3142-4006
이메일 yhtak@clema.co.kr

ⓒ 김민아 윤지영 2018

ISBN 978-89-94081-90-8 (03810)

이 도서의 국립중앙도서관 출판예정도서목록(CIP)은 서지정보유통지원시스템
홈페이지(http://seoji.nl.go.kr)와 국가자료공동목록시스템(http://www.nl.go.kr/kolisnet)에서
이용하실 수 있습니다.(CIP제어번호: CIP2018012029)